许泽夫 / 著

赤心如炬

——决战黄疃庙

CHIXIN RU JU
JUEZHAN HUANGTUANMIAO

时代出版传媒股份有限公司
安徽文艺出版社

图书在版编目(CIP) 数据

赤心如炬：决战黄疃庙/许泽夫著. 一合肥：安徽
文艺出版社，2022.12（2024.7重印）

ISBN 978-7-5396-7649-4

I.① 赤…Ⅱ.①许…Ⅲ.①长篇小说一中国一当代

IV.①I247.5

中国版本图书馆CIP数据核字(2022)第241586号

出 版 人：姚 巍
责任编辑：周 丽 　　　　　　　　**装帧设计**：宇春梅

....

出版发行：安徽文艺出版社 　　www.awpub.com
地 　址：合肥市翡翠路1118号 　　　　**邮政编码**：230071
营 销 部：(0551)63533889
印 　制：安徽芜湖新华印务有限责任公司 (0553)3916126

....

开本：700×10001/16 　　　　**印张**：18.5 　　　　**字数**：200千字
版次：2022年12月第1版
印次：2024年7月第2次印刷
定价：69.80元

....

凝心谱写新篇章

赵宏兴

泽夫又出新书了，嘱我作序，这是我乐意做的事。

回顾泽夫这些年来的文学创作，前几年以写牛的散文诗风靡全国，影响巨大，这几年，泽夫的革命文学题材创作得到突破，编剧了《双山阻击战》，创作了长篇小说《初心如虹——柯武东传》，抒情诗集《渡江颂》等，又到了眼下的长篇小说《赤心如炬——决战黄疃庙》。可以说，泽夫的创作愈写愈好，愈写愈进入状态。

《赤心如炬——决战黄疃庙》里所写的故事，发生在我的家乡，其中的王子城就是我的故乡。小时候我便在大人们的闲呱中，经常听到这些事。如，我奶奶讲，当年新四军打王华槿圩子，几天几夜打不下来，牺牲了不少战士，后来战士顶着大桌子，大桌子上放着浸湿的被子，往圩子下冲锋，终于把圩子打了下来，这些在书里都写到了。在20世纪七八十年代，我们去王子城还能看到圩子的痕迹。渐渐地，我对家乡发生的这些事，也感兴趣起来，便开始收集资料。有一次我逛旧书摊，发现在一本书里，有一位参加过这次战斗的领导写的攻打王子城的战斗经过，便买了下来，阅读这些文字，过去的英雄事迹在文字里化作可歌可泣的传奇。

我的外婆家在黄疃庙南一点的大戈村，从我家去外婆家必须要穿过黄疃庙，一路上所走的村路，大概就是当年战斗发生过的地方。

在路上，有一个狗尾巴赵村，村子后面有一块土堆子，上面长满了槐树，夏天开满了白色的花儿，冬天落满了白雪。听人说，这蓬杂树下是新四军的墓地，底下埋着许多新四军战士，里面还有枪，听得年少的我一愣一愣的，觉得十分神秘。在我看的小画书里，战斗一般都是发生在山区、大海或城镇里，这里土地平坦，一片低矮的村庄，还能发生什么战斗？但每次路过这儿，我都要朝这个土堆多望几眼。又过了许多年，上面来这儿发掘历史，据说发掘了不少烈士遗骨，迁到了黄疃庙，建起了烈士纪念馆，我才真正相信这儿发生过战斗。现在想来，这次战斗大概就是当年在王子城围点打援时，为了阻断往南跑的敌人而发生的。

后来，我在定远采风，在二郎乡看到一处烈士陵园，那里记述了当年这支部队去攻打王子城的英勇事迹。

家乡的这些战斗故事，从传说到历史，在我的记忆里越来越清晰，也使我认识到我的故乡是一片红色的热土，当年我在创作长篇小说《隐秘的岁月》时，就引用了这次战斗的细节。现在再来看泽夫的《赤心如炬——决战黄疃庙》，当时战斗的场面又扑面而来。

　　《赤心如炬——决战黄疃庙》是一部具有地方特色的红色革命历史题材长篇小说。文章按照时间顺序，对新四军在1938至1945年于合肥肥东县一带抗击土顽、桂顽，抗日救亡等历史事件展开叙述，突出表现了肥东地区以"人民群众"为重的武装斗争，和共产党人顽强拼搏，奋力抵抗顽敌的不怕牺牲的精神，成功地再现了抗日胜利前夕肥东县波澜壮阔的革命历史画卷。以新四军战士王战为人物主线，再现了朱正茂、李勇、江大水、崔正、吴满民等革命先辈以及张长胜、谭华、张长有、左贵等共产党人和人民群众为和平解放抛洒热血英勇奋斗的壮丽人生，讴歌了共产党人的坚定信念、广博胸怀和革命英雄主义精神。该作品整体布局宏大，交织着英勇悲壮的武装斗争、韵味浓郁的特色风土人情，人物形象生动丰满、个性鲜明，做到了思想性与文学性的统一。

　　全书将围歼王子城作为主线，同时穿插肥东乡村的风土人情、历史文化，在描述紧张的战争之余平添当地百姓生活趣味，而且突出作者对故事的把控和对人物塑造游刃有余。同时作者完整地介绍了王战和朱正茂与土顽王华槿的仇恨，展现出共产党人为完成围歼任务必胜的决心。故事整体十分精彩，作者不急不躁娓娓道来，推翻了以往激烈的战争场面书写，而归于平淡舒缓，有一种反向效果。尤其是王战与众人商议如何打下王子城时，依旧耐心听取他人意见，实则内心焦灼，作者在含蓄轻淡之间营造了叙事的缜密。

　　总体来看，小说在叙事和形象塑造层面，可以说是独具特色。

同时作品中还涉及当地特色文化，如张集贡鹅、响导豆饼、大邵"洋蛇"等，展现当地风土人情和对这片土地的热爱。文中的国共两党不仅是军事对抗，还涉及理念之争、主义之争和民心之争，全方位展现了共产党人"为人民"的大格局。此外，不难发现作者执着肥东这片土地，始终保持着均匀的创作节奏和独具个人特色的风格，形成一种独具地域风格的美学特质。

在肥东有一大批的红色文化可以挖掘，可以抒写，这是肥东作家的使命，也是这片土地上的热血所在和宝贵财富。泽夫这几年来所进行的革命文学创作，可以说是凝心谱写新篇章，体现了他浓厚的家园情怀和强烈的社会责任感，我在此祝贺他的成功。

2022 年 12 月 4 日

（赵宏兴，《清明》主编，文学创作一级，中国作家协会会员。作品散见《收获》《人民文学》《十月》《钟山》《山花》《北京文学》等文学期刊及多种选本。出版长篇小说《父亲和他的兄弟》《隐秘的岁月》、中短篇小说集《头顶三尺》《被捆绑的人》和诗集、散文集《刃的叙说》《身体周围的光》《岸边与案边》《窗间人独立》《黑夜中的美人》《梦境与叙事》等，部分作品被译为英语、日语在国外发表。主编《中国爱情小说精选》《中国爱情散文精选》等多部文学作品集。获冰心散文奖、《芳草》文学奖、梁斌小说奖，多次获安徽省政府文学奖等多种奖项。）

目 录
Contents

第一章

　　长古旅游公路上，一辆银白色面包车平稳地行驶着，车身上的"合肥市军干所"几个大字格外引人注目。

　　长古，看到这个词，总使人联想到近代文化名人李叔同的代表作《送别》中的"长亭外，古道边，芳草碧连天"。其实，二者并无关联。长古旅游公路全长一百一十千米，一端连着碧波千里的五大淡水湖之一的巢湖，另一端连着国家 AAAA 级风景区岱山湖，是合肥市所属九个县区中唯一的旅游公路，从肥东县最南端长临河古镇延伸到肥东县东北角的古城镇，沿途串联了长临河老街、浮槎山、四顶山森林公园、包公故居、爱情隧道、蓝山湾、渡江战役总前委旧址纪念馆等自然与人文交相辉映的众多景点和历史遗址。

　　车内靠窗的位置端坐着一位鹤发童颜的老者，他穿一身旧军装，系着风纪扣，腰板笔挺，双手放在膝盖上，显然保持着多年军旅生活养成的习惯。

　　他叫王战，九十七岁，参加过抗日战争、淮海战役、渡江战役、抗美援朝战争。1955 年被授衔"开国大校"，离休前是某军区中将副司令。

　　几个星期前，他从新闻媒体上获悉，黄疃庙纪念馆对外开放，便不顾年迈体弱，执意从安徽省会合肥前往肥东县张集乡——这里是黄疃庙战役的发生地，也是黄疃庙战役纪念馆所在地。

　　军干所对王老此行极为重视，派出了副所长李凯、护士刘丽丽及驾驶员小郑全程服务。

　　得知自己的要求被批准，老将军激动得夜不能寐。两年前他做了个腿部动脉硬化手术，行走就不便了，除了每天坐着轮椅在干休所转几圈，晒晒太阳，几乎足不出户。虽然怀念过去战斗过的地方，但不愿给组织添麻烦，而这次，他去黄疃庙的愿望很迫切。他又是打电话又是写报告，大有"不获全胜决不收兵"的气势。终于如愿以偿了……平时，他不到九点就睡了，可昨天十二点还没有睡意，拉着李凯和刘丽丽，讲述着已经讲了无数次的在黄疃庙养伤和作战的日子。

　　踏上肥东的土地，老将军像焕发了青春。他一边看着窗外一晃而过的丘陵、小河、树林，一边好奇地问个不停。

　　"黄疃庙现在属于哪个乡镇？"

李凯说："张集乡。"

"张集乡？是不是张兴垅集？"

"是的，首长。民国时期是张兴垅乡，1949 年 5 月以后简称张集乡。1992 年撤区并乡，原黄疃乡并入张集乡。"为了这次出行，李凯做了不少功课。

"还是黄疃庙的名字好听啊！"王战像在自言自语，少顷，他又问，"张集乡现任书记是谁？"

刘丽丽抢着回答："叫黄敏，是个美女。她是全省唯一有博士学位的乡党委书记呢！"

李凯问："哦，你咋知道的？"

刘丽丽有点小得意："我的男朋友就是肥东人，爱屋及乌，我关注了'幸福肥东'微信公众号。"

王战笑道："你这小鬼，关于张集乡，你还知道哪些？"

刘丽丽打开手机，点击了几下说："首长，我这里有篇文章是美女书记在'张集乡牡丹节'的即席致辞，我念几段给首长听吧。"

李凯伸手要抢："我看看。"

王战制止说："别闹，刘护士，快念给我听。"

刘丽丽向王战靠了靠，弯下身子，她尽量声音大些，让老将军听得清，她字正腔圆地念道：

"在张集，村头的老树还在等候，井边的石碾依旧沉稳，最先的记忆和原味的生态交相辉映。在张集，还有 4500 年前的玉琮达贯天地，联通古今。168 年的牡丹，姚黄、魏紫，年年岁岁。百年古祠堂历经风雨，家风育人。张集贡鹅，鲜香适口，慰胃养身。"

王战喃喃道："张集贡鹅，张集贡鹅……"

刘丽丽说："是，张集贡鹅。首长，下面提到黄瞳庙战役。"

"往下念。"王战说。

"还有一场黄瞳庙战役让张集的骨子里奔流着红色的基因。"念到这，刘丽丽停下了。

李凯问："就这一句？结束了？"

"这就结束了？不，这才刚刚开始。"刘丽丽接着念，"所谓'原乡'，又为'梦的起点'。

"在张集，有地之利。张集地处合肥 1 小时城市圈内，距离新桥机场 1 个小时，距离合肥南站 50 分钟，距离皖港码头 43 分钟，七十二平方千米的大地上，饮用水源地袁河西水库为张集供应水源，入滁河，汇长江，滋养出 8 万亩优质土地，张集绿色产品规模和品质优势日渐凸显。

"在张集，有天之时。乡村振兴的风口在乡村。作为传统农业乡镇，张集已做好了建设美好未来的准备。文化旅游的风口在乡村，牡丹"花香"，古祠"书香"，田园"稻香"，贡鹅"味香"，红色"梦香"，张集文旅的核心竞争力已蓄势待发。健康生活的风口在乡村，全年平均空气质量为良好，实现每 100 克含硒超过 30%，还有清新的田园风光和淳朴的民俗风情。'张集式'

的美好生活就在眼前。

"在张集，更有人之和。中央、省、市、县乡村振兴政策在这里集聚，地方'十四五'规划发展定位和扶持产业发展政策在这里叠加。市、县相关部门的有力支持和本地干部群众奋发图强的创业干劲在这里发酵。凭借着天时地利人和，未来张集将以'春华秋实，精致原乡'全景全域文化旅游品牌打造为契机，着重在培育农业特色种养殖基地，营销农副产品特色品牌，开展绿色食品加工，挖掘文体创意潜力，打造乡村文化旅游等方面实现突破。

"花香、书香、稻香、味香、梦香。

"张集乡，张集香，五香汇聚，乡香益张。"

……

刘丽丽一口气读完。

"好口才，好文才！"李凯连连赞叹。

王战一字不漏地听完，沉吟片刻，说："我们当年打仗流血、牺牲，不就是为了今天老百姓过上这样的幸福日子吗？"

李凯调侃刘丽丽："怪不得你要嫁肥东人。"

刘丽丽反击道："一开始我并不知道他是肥东人，更不知道肥东这么美，这么好！"

李凯掏出手机，说："来，把'幸福肥东'的微信公众号推荐给我，说不准我要在肥东买房子呢。"

说话间，窗外的路标显示黄疃庙战役纪念馆到了。

王战喊道："我要下去！"

刘丽丽柔声地劝道："老首长，还没到呢，还有一截路呢。"

王战提高了嗓门："我要下去！"他努力站起，无奈力不从心。

"好的，好的，老首长。"李凯见状，连忙从后排推出轮椅，放到车外。刘丽丽搀扶着王战。由于抗战初期，王战的腿负过伤，加上年事已高，近两年来基本无法行走。

机灵的司机小郑已站到车门外。他伸出双手接过了王战。

王战颤巍巍挪向轮椅。不知哪个哲人说过，美人和英雄唯一的天敌是时间。曾经身经百战、金戈铁马的新四军特务团团长，也不能例外。

这时，一阵歌声由远而近——

　　　向前向前向前
　　　我们的队伍向太阳
　　　脚踏着祖国的大地
　　　背负着民族的希望
　　　我们是一支不可战胜的力量……

多么熟悉的歌声，多么铿锵的旋律。王战本能地停住了脚步，他立即找到了一种感觉，那是指挥千军万马的将军才会有的感觉，他的声音洪亮起来：

"李凯！"

李凯应道："到！"多年的干休所生活，他已了解这位老首长的习性，挺胸立正。

王战下令："我命令你，立即查明前面是哪支部队。"

其实不用"侦察"就一目了然，前头引领的旗子上清晰地写着"张集乡民兵连"。尽管是民兵，但个个精神抖擞，步调一致，一百多人排成四路纵队，走出了排山倒海之势。

我们是工农的子弟
我们是人民的武装
从不畏惧绝不屈服英勇奋斗
直到把反动派消灭干净……

"报告首长，前面来的是张集乡民兵连，是我们自己的武装。汇报完毕。"

王战俨然又成了将军，大手一挥："入列！"

歌声近了。

队伍近了。

王战心潮澎湃。他的眼里放出光彩，他挺直身体，右手抬起，五指并拢自然伸直，敬了一个标准的军礼，与此同时，他用尽力气高喊：

"同志们好！"

民兵连的年轻人被这突如其来的苍老而雄浑的声音惊住了，

但他们训练有素，齐声回答："首长好！"

"同志们辛苦了。"

"为人民服务。"民兵连整齐划一，向这位老将军敬礼，他们不知王战的身份，但从他身上看出军人独特的气质。

　　毛泽东旗帜高高飘扬

　　听，风在呼啸军号响

　　听，革命歌声多嘹亮……

民兵连从王战面前驶过，走在长古大道上。

王战敬礼的手并没放下，他的目光紧紧追随着这支歌声中的队伍。

突然，王战眼前出现了幻觉，他在队伍中看见了自己。血气方刚的他穿着崭新的新四军军服，成为这支队伍中的一员。

并且与他们齐歌唱——

　　同志们整齐步伐奔向解放的战场

　　同志们整齐步伐奔赴祖国的边疆

　　向前向前，我们的队伍向太阳

　　向最后的胜利，向全国的解放。

唱着唱着，整个队伍变成了新四军。灰色的军装、醒目的臂章、紧扎的绑腿，更有那朝阳一样的脸庞……

走着走着，新四军的队伍以简陋的装备、旺盛的士气和满腔的仇恨与日本侵略者、汉奸卖国贼在江淮河汉鏖战，在大江南北传颂着捷报……

第二章

一

四月的晚风轻轻吹过,一弯残月寂寥地高挂于天幕。天空之下,朦胧的丘陵,静静流淌的乡间小河,睡熟的村庄,因偶尔的犬吠显得更静谧。

夜幕下,一支队伍急速地行进着,像一条黑影绰绰的长龙在河埂田间游走。黑夜里他们面容模糊,但一双双眼睛炯炯有神。

在跨过一条小溪时,旁人发现他们打着绑腿,穿着布鞋或草鞋,行动敏捷,身手不凡。

这是一支新四军的队伍,二师某旅特务团。

走在队伍前列的是个魁梧的青年人,他身材高大,浓眉大眼,一身灰布军装紧绷绷的，凸显出健壮的肌肉。他就是团长王战，二十四五岁的样子，虽然年轻，却是久经沙场的"老兵"了。

"报告团长。"作战参谋江大水跑步过来，"到了预定地点张兴垅集了，你看。"

借助朦胧的月光，只见路边有块巨大的岩石，上刻着四个大字"张兴垅集"。

张兴垅集坐落在江淮分水岭岭脊上，居民多姓张，民国时期是张兴垅乡。

"到家了。"王战低声说着。

江大水有些诧异，问："团长，你说啥？到……家？到谁的家？"

王战没有回答他，而是下达指令："部队原地休息，注意警戒。"

"向后传，原地休息。"低沉的口令接龙传递，偌大的队伍倒伏在路的两旁。

政委宋春紧挨着王战躺下，他用手肘捣了捣王战，说："团长，你是本地人吧？"

宋春的问话将王战的思绪带入了不堪回首的往事中。

王战原来不叫王战，叫王大米，父亲希望他不再挨饿，顿顿有大米吃。在他的记忆中，全家一直在逃难中，不是逃荒，就是逃离战火，究竟一家人从哪来到哪去，谁也说不清了。印象中父亲总在拉车，一辆平板车上堆放着全部家当，而母亲总在后面推车。他有时跟在车后面，有时沿途捡着破烂。记不清哪年，一家人颠簸到一个叫下王的村庄，见这里地广人稀，民风淳朴，便停下来，住在一座破败的祠堂里。父亲打短工，麦子熟了割麦子，稻子熟了打谷子，母亲在王子城地主恶霸王华槿家做用人。

王大米十三岁时，恶霸王华槿酒后非礼母亲，母亲誓死不从，一头撞在王府的石狮子上。父亲正在水田里割稻子，得到消息后，这个一向胆小怕事的男人突然勇猛起来。他抓起两把镰刀直奔王子城，却被王华槿以私通共产党为由乱枪打死。逼死了两条人命，王华槿却若无其事，还扬言要斩草除根。

好心人及时提醒王大米："伢子，赶紧逃命吧。"

王大米把悲痛和仇恨咽进肚子里，连夜逃走。他在合肥乞讨时，看到城门前贴着告示，是通缉高敬亭的。

从围观群众的窃窃私语中，他得知高敬亭带领一支叫"红军"的队伍，活跃在大别山区，专打地主恶霸，为穷人出气。王大米的眼前一亮：天下还有这样的好人？！他心中燃起希望之光，往着大别山的方向流浪。好在几乎每个村庄都在传诵高敬亭神出鬼没、杀富济贫的故事。

王大米一路讨饭，走啊走，不知走了多少路，翻过多少座山，涉过多少条河……寒冬腊月的一天，又冷又饿的王大米昏倒在路边的草丛里……

一支举着红旗的队伍过来了。

一个魁梧的汉子把自己身上的破军衣脱下来盖在王大米身

上，又让警卫员到附近村庄讨一杯热水，泡上一块锅巴，喂给王大米。

王大米从死亡的边缘挣扎了回来。

当他醒来时，队伍已匆匆开拔了。

王大米远远而又紧紧地跟在队伍的后面，直到有一天在岳西鹞落坪附近的一个村庄，王大米看到了一面红旗下摆着两张八仙桌，旁边有个木牌，木牌上的字王大米不认识。他赤着脚拄着打狗棍，站在一边观望，却见接二连三来了很多像他一样穿得破破烂烂的后生排队报名，他从这些人的谈话中听到了"红军""红二十八军""高敬亭高司令"这些话语，便悄悄地拉着一个年长者，问："大叔，你……当兵的？"

"是啊。"大叔脸上不无骄傲，"我是红军，高司令的兵，有饭吃，不受富人欺负。"

"高司令？哪个高司令？"

大叔脸上露出不悦，说："高司令都不晓得？除了红二十八军的高敬亭，还有哪个人能在穷人中一呼百应？"

王大米那个高兴劲儿，他一下子蹦起来："我可找到了，谢谢大叔。"

后来，王战知道，大叔叫杨铁锅，是红二十八军炊事班班长。

王大米兴奋地站到报名的队伍中间。前面的人一个接一个被录用，当场发了军装，家人和围观群众欢呼雀跃。王大米整理了下腰间的破布条，幻想着自己成为他们中的一员，也受到掌声和喝彩，可惜父母不在了……"大、娘，等我当了红军，我要亲手宰了王华槿，宰了他全家，给你们报仇。"王大米想。

轮到王大米时，负责报名的是个比自己大不了多少的大男孩，王大米亲切而不失讨好地叫了一声："大哥。"

"大哥？"那个唇上还没长绒毛的战士看了他一眼，"你才几岁？干吗来啦？"

"十……十四啦，我要当兵。"王大米有意多报了一岁。

小战士不屑地说："十四岁？不像啊，人还没枪高，还当红军？先去儿童团吧。"引来一阵笑声。

"我……"

王大米还想争辩，小战士高声喊着："下一个！"

王大米恋恋不舍地走出来，满眼都是泪。杨铁锅上来劝他："孩子，你实在又瘦又小，怎么上战场？打仗是要死人的。"

王大米抓住杨铁锅的手，哭着说："大叔，你帮我求求情，收下我吧。我父母都让坏人逼死了，我要报仇。"

杨铁锅叹了口气，说："好吧。我试试。"

杨铁锅拉着王大米回到报名处，以哀求的口气说："小同志，你看这伢子太可怜了，无家可归，你就收下他吧。"

"不要，不要。"小战士不耐烦地挥手，"他这么小，上战场等于送死，不要不要！"

"你这个小同志咋这么倔呢？"杨铁锅有点火了。

"老同志，"小战士说，"这可是高司令颁发的命令，十五岁以下不能当兵，你想让我违抗军令吗？"

希望之火被一盆冷水浇灭，想到父母的惨死，想到自己又要流浪，王大米失声痛哭了起来。

"我要！"

洪钟般的声音从人群里响起，一个壮实的身影出现在王大米眼前。

小战士慌了，战战兢兢地鞠个躬："高、高司令。"

高敬亭没理会小战士，他搂住王大米，见王大米冻得发抖，便脱下上衣给王大米披上。其实高敬亭想到了自己惨遭反动派杀害的儿子，如果活着，也该这个岁数了。

王大米认出了这是自己的救命恩人，他趴到地上便磕头。

高敬亭蹲下身子，扶起他，认出了他："啊，是你，还没走啊？"

"我要当红军。"

高敬亭问："为啥要当红军？"

"活不下去了。"王大米坚决地说，"我要杀地主恶霸，杀王华槿。"

"等过两年长大了再来当红军吧。"高敬亭看着瘦骨嶙峋的王大米劝道。

王大米话没出口就哭了。

"你这伢子，哭啥？"

"恩人，这世上到处都是吃人的地主恶霸，我还能活两年吗？"

听到这句话，高敬亭有点心酸，他摸着王大米蓬乱的头，又问："叫啥名字？"

"王大米。我大大起的，指盼着天天吃大米饭。"

"王大米？"高敬亭略一思考，说，"孩子，我给你改个名字吧。我们红军不光要让你全家天天吃大米，还要让普天之下的贫苦人天天有大米吃。但蒋介石和国民党反动派是不愿意的，那怎么办？那就要战斗，把旧社会推翻，我们穷人当家做主。记住，要战斗，勇敢地战斗。你以后就叫王战吧，战斗的战！"

高敬亭的一番革命道理，王大米似懂非懂，但他从此有了新的名字：王战。

王战加入红军后，给高敬亭当勤务兵。勤务兵是照顾首长的，高敬亭却时时关心照顾王战。战斗间隙，教他认字、教他枪法、教他武功。在高敬亭的悉心培养下，在红二十八军这座大熔炉里，王战茁壮成长，光荣加入了中国共产党。他随着高敬亭南征北战、出生入死，几年下来，他已是一个优秀的红军战士了。

1938 年初，王战奉新四军第四支队司令员高敬亭之命，潜回家乡合肥东乡，在张兴垅、梁园一带发动群众，组织游击队并担任排长。

……

"团长，团长。"

有人在轻轻叫他。王战从回忆中睁开眼，是作战参谋江大水。

他原是金陵大学学生，日寇占领南京后，学校被遣散，江大水跟着难民的队伍逃到全椒与合肥东乡的交界处，遭遇已是王子城联防队队长的王华槿纵兵抢劫。危急关头，砚山游击队出手相助。仇人相见，分外眼红。王战冲锋在前，直向王华槿扑去，游击队队长崔干制止了他："敌众我寡，不能蛮干，撤！"

江大水死里逃生，从此加入了砚山游击队，几年来一直跟随王战……

江大水说："团长，你到家了。"

王战面无表情地说："到家了。"

宋春问："几年没回家了吧？"他与王战相识是在皖南事变突围中，部队建制被打散，在泾县茂密的山林里，他俩收容着几十号伤病员打游击，九死一生。

王战没回答。

宋春说："抽空回家看看吧。可别学大禹，三过家门而不入。"

"家里没人了。"

"不是有张槐花吗？"江大水既关心又调侃。

王战并不否认，自他离开家乡，家的概念就是父母孤独的坟了。可后来发生的一件传奇般的事，使他一提起家，便想起了美丽的村姑张槐花。

"哦，团长，从来没听你讲过啊。"宋春说。

"团长，给我们讲讲吧。"江大水一个劲地催促。

王战将背包挪挪，让身体换个姿势。往事又一次浮现在眼前。

二

王战当上砚山游击队排长后不久，一次游击队在浮槎山夜行军时，不慎从山上摔下来，摔断了腿，那时游击队每天不是行军就是打仗，也没有根据地。为了给他养伤，也为了不影响游击队的战斗力，崔干队长把他送到尾赵村，亲手交给堡垒户张长有，叮嘱又叮嘱……

张长有世代贫农，租了王华槿几亩薄田度日，可八斗岭十年九旱，很少有过好收成。有年大旱，庄稼绝收，王华槿没有丝毫怜悯之心，租金分文不减。无奈之下，张长有的妻子撇下嗷嗷待哺的幼子，到王府做奶妈抵租金。可怜尚在襁褓中的孩子活活饿死。张长有的妻子一时想不开，跳进了王家的水井。

张长有恨透了王华槿，恨透了黑暗的社会，便萌生干脆拼个鱼死网破的念头。可看到女儿张槐花，只好咽下这口气。砚山游击队成立后，张长有倾其所有，全力帮助游击队，他的家也成了游击队的秘密落脚点。

崔干双手握住张长有的手说："长有啊，王战排长是从高敬亭高司令身边来的，又是我们游击队的骨干，你务必保证他的安全。"

张长有坚定地说："请崔队长放心，我就是拼了老命也会保护好王排长。"

据《肥东红色人物史》记载：崔干，肥东县浮槎山人。1938年加入新四军第四支队，后组建游击队，任队长，1940年1月在肥东县张兴垅集惨遭土匪杀害，新中国成立后，被追认为革命烈士。

三

几间农家茅屋，简陋、干净、整洁。

院子里有棵高大的槐花树。一嘟噜一嘟噜的槐花开满了枝头，花香四溢，空气中流淌着甘甜的味道。

张槐花坐在窗前，乡下的水土养人，十八岁的她出落得妩媚动人，瓜子脸、杏仁眼、柳叶眉。她拿着一只荷包，荷包上绣着一朵洁白的荷花，一只手托着腮，望着远方连绵的浮槎山，陷入了沉思。

张长有走投无路时，到浮槎山拉石头卖，曾得到浮槎山上的猎户吴大为的多次接济，有时还借宿在吴大为家。张长有与吴大为越处越投机。张长有见吴大为的儿子吴满山聪慧忠厚，又是一表人才，便主动提出两家结为箩窝亲……按照当年的约定，今年槐花开放季节结为百年之好。

张槐花是个贤淑而听话的孩子，她从父亲的口中了解到未来郎君的相貌与为人，便欣然接受了"父母之命"，不过这些年，两人从未见面，吴满山只出现在她的想象之中。前些天，她托人给吴满山捎去自己亲手绣的槐花荷包……此时，她的心里仿佛有只小兔子噗噗乱跳，随着成亲日子接近，这只兔子跳得更欢了。

这时，小院的门扑通一声被推开了，然后是一阵急促的脚步声。张槐花听出来了，是张长有回来了。多年的相依为命，让张槐花对父亲的脚步声十分熟悉，不过今天的脚步与平时有所不同，增加了几分沉重感。

房门开了，张槐花迎了上去。她还没开口喊"大"，张长有就火急火燎地进了门，他的身上趴着一个人，双臂耷拉着，处于昏迷状态。

张槐花吓了一跳，惊叫道："大……"

"槐花，快，救人要紧。"

"大，放哪？"槐花问。

"放床上。"

"大，这……不大好吧？"

张长有明白女儿的心思，大姑娘待嫁的闺房，躺着陌生的男人，传出去名声不好，但情况紧急，张长有顾不得那么多了，他用不容拒绝的语气说："来，槐花，帮把力。"

张槐花不情愿地把父亲背上的那个人放到自己的床上。

突然，村口响起了枪声。

张长有见女儿惊恐的样子，便如实相告："他是新四军王战排长，受伤了，崔队长亲手安排到我家，我也向崔队长保证过会保护好王排长。"

"新四军？"张槐花瞪大了眼睛，"那可是要杀头的！"

枪声更近了，还有杂乱的脚步声，只听见一个大嗓门在叫："挨家挨户地搜，抓住新四军，赏金少不了！"

"大，咋办？"张槐花不知所措。

"别慌。"张长有望着不省人事的王战，为了执行任务方便，浮槎山游击队平时都穿着老百姓的衣服，风吹日晒雨淋，队员们混在群众中间根本区分不出。

枪声和脚步声惊醒了王战，久经沙场的他一睁眼便明白发生了什么事。他挣扎着要从床上坐起来，但用尽全身力气都没有坐起。

张长有连忙按住他，说："别动，千万别动……"

王战仍在用力，艰难地说："叔，我……不能连累……你们，让我走，扶我一把。"

张长有不高兴了，说："崔队长把你交给我，我要对崔队长负责，你受了伤，没等你冲出去就倒下了，那样还真连累我们了。"

王战一时语塞。

张长有说："孩子，从现在起，你要装作昏迷，就是天上下刀子你也别管。"

王战噙着泪点了点头，听话地躺下。

张长有拉开被子，盖在他身上。

张槐花把父亲拉到一旁，嗔怪道："大大……这样，多、多不好！"

张长有看到了女儿手中的荷包，叹了口气说："槐花啊，大大晓得你同吴满山的婚期要到了，可眼下……不是没更好的办法吗？"

张槐花想说什么："大大……"

张长有打断她的话，指了指床上，严肃地说："槐花，认准了，他叫吴满山，是你的男人，认准了！"

张槐花低着头，红着脸。

张长有头也不抬，甩出一句："救人要紧！"张槐花急得直跺脚，使眼色暗示，张长有装作没看见；她拽张长有衣襟，又不成，不禁叫出了声："大……"

四

桂军排长胡在海一边抽烟，一边踱步。他刚提拔为排长没几天，一心想再立新功，既报答长官的知遇之恩，又为今后的飞黄腾达打好基础，在"围剿"新四军时，每次都冲在最前头。当他得知有个新四军伤员向尾赵村方向转移时，便带着一个排的士兵穷追不舍，把村子包围起来。

班长陈俊之小跑过来："报告排长，东边没有。"

另一个士兵马元也跑过来："报告排长，西边没有。"

胡在海不耐烦地向站在身后的士兵挥手："去，继续搜，挨家挨户地搜，老鼠洞也不许放过。"

陈俊之转身欲走，被胡在海叫住，胡在海盯着陈俊之。

陈俊之胆怯了："排、排长，干吗这样看我？"

胡在海凶巴巴地问："你确定新四军伤员进村了？"

陈俊之有些心虚了，说："我、我也是听线人报告的。"

胡在海扔掉烟蒂，狠狠地踩了几下，说："走，接着搜，搜不出新四军，看我怎么收拾你！"

胡在海从那个开满槐花的小院走过去好几步了，不知是出于直觉还是潜意识，停住脚步。他耸了耸鼻子，空气中弥漫着槐花的芳香，似乎还有一种不可名状的成分。这个二十刚出头的桂军排长拎着枪还算礼貌地推开了院门，又推开了房门。

其实，他并不理解自己为什么偏偏看中了这间房子，当他看到年轻美丽的张槐花时，他的目光在张槐花的身上看了个遍：白里透红的脸蛋，凹凸有致的身材，丰满起伏的胸脯，他感到有股热流在体内奔涌，面对眼前这个仙女般的尤物，胡在海半天没有反应，木雕似的。

"长官，"张长有强作镇定，问："你……找谁？"

张长有连问两遍，胡在海仍没有反应，要不是陈俊之提醒，还不知道愣到什么时候。

陈俊之身上有股机灵气，他拉开枪栓，厉声说："抓新四军！"偏过头向胡在海，"对吧，排长，排长。"

胡在海这才如梦初醒："是啊是啊，抓新四军，抓新四军。"他把枪插到枪套里，尽量斯文些、儒雅些，让眼前的美女认为自己不是不讲道理之人。

马元跟着吆喝："有人看见新四军进了你家。"

张长有又是让座又是赔笑："哪能呢。我就是吃了豹子胆，也不敢私藏新四军，那可是掉脑袋的事，千万别乱说。"

胡在海甩手给了马元一记耳光："怎么说话的，对老百姓要和善，要文明，混账东西！"转而对张长有笑道，"大叔，我们是政府军，是来保护你的，不要害怕。"

马元捂着脸，与陈俊之对视了一眼，两人心里都在想：太阳从西边出来了，胡排长怎么对百姓这么友好？

张长有拖过一条板凳说："长官辛苦，你请坐！"

胡在海跟张长有说话，眼神却瞄着张槐花。

张槐花躲让着那逼人的眼神，可哪里躲得了。狭小的空间一下子添了三个人，没有躲让的余地，她只能躲到父亲的身后。

突然陈俊之拉开枪栓，大叫："什么人？"

胡在海马上像换了一个人，拔出手枪，喊道："什么情况？"

陈俊之说："报告，床上有人。"

马元上前查看一番说："还是个伤员。"

胡在海拉开枪保险，指着张长有父女俩，瞬间变脸，露出凶相："都别动，谁动我打死谁！"

张槐花惊恐不已，拽住了张长有的衣服不放。

张长有扭过头说："槐花不怕，他们是政府军，不会伤害老百姓的。"

胡在海用枪指着张长有，问："床上是谁？说！"

"我女婿，吴满山。"

"女婿？"胡在海半信半疑，将枪口对准张槐花，说，"床上是不是你男人？"

张槐花盯着黑洞洞的枪口，生怕飞出一粒子弹，吓得说不出话来。

张长有说："槐花，跟长官说实话，可不能乱说。"

张槐花听出了父亲的话中意思，她鼓足勇气，哆嗦地说："是、是我男人。"

胡在海看见张槐花手中荷包，伸手要夺。

"不给。"张槐花迅速让开，连她自己也不知从哪来的勇气，说，"这是给我男人的。"

胡在海自讨没趣，便掀开被子，问："他身上的伤怎么回事？"

张长有回答道："上山砍柴时摔的，这不，长官，我正准备出门请郎中呢。"

胡在海仔细观察王战的伤口，只见王战身上多处有伤，凭他的经验可以断定那不是枪伤。

这时，门外传来一阵嘈杂声。

胡在海向陈俊之一摆头，说："你出去看看。"

陈俊之还没出门，一个瘦高个士兵进来："报告，发现可疑情况。"

胡在海："什么情况？"

士兵说："村外来了一个人，自称是这家的女婿。"

"啊？！"张长有父女俩对视了一眼，眼里都流露出惊讶和担忧。

胡在海问："大叔，你几个女儿啊？"

张长有只好实话实说："就一、一个，这不，在你眼前呢。"

张槐花的心咯噔一下，想："坏了，会不会是吴满山？他托人捎口信，这几天要来商量成亲的事，坏了……"

胡在海冷笑一声说："有意思，我倒要看看这演的是哪一出。陈班长。"

陈俊之应道："到！"

"带几个兄弟去。"

"是！"陈俊之对瘦高个说，"你，跟我走。"

胡在海望一眼张长有，把目光停留在张槐花的脸上，说："我倒要看看，这真假女婿，哪个是李逵，哪个是李鬼。"

五

桂军入村，他们端着上了刺刀的枪，这些兵上蹿下跳，再结实的门一脚就能踹开，进了屋便翻箱倒柜，"借着清明打柳枝"，原本偏远而宁静的村子顿时鸡飞狗跳。

有个老汉抱着米袋子不放，那是他家仅有的一点口粮。桂军士兵一拥而上，用枪托砸，用脚踢。打得老汉惨叫不绝，不得不松手。

一个青年人被几杆枪围着。他高大而壮实，鼻直口阔，一双明亮的眼睛在浓眉下闪着亮，使人感到粗犷而又精明。

他便是吴满山。他遵从母命，按照当地风俗，带着见面礼：一刀猪肉，一只大白鹅，一包面，前来尾赵村商讨迎娶张槐花事宜。吴满山赶了个大早，紧赶慢赶，不料刚进村就被当兵的拦住了。

见面礼与桂军一照面就被一抢而光了。吴满山明白自己斗不过这些兵痞，只想快去未来的岳父家。

"长官，放我过去吧。我真的是张家女婿。"

瘦高个士兵猛地击打他几枪托："老实点。"

吴满山趔趄几步，差点跌倒，哀求道："要不，我不去了，我回去总行吧？"

瘦高个士兵飞起一脚，说："想得美，我看你就是新四军的探子。"

"冤枉啊，老总，我家就在浮槎山，你去打听打听，祖祖辈辈种田、打猎。"

陈俊之恰好到了，接过话："你说你是浮槎山的？"

屋子外面发生的一切屋内人听得真真切切。

屋子里的人各自想着心事。

躺在被窝里的王战心急如焚，他攥紧拳头，恨不得冲上去拼死相救，可理智又告诉他，莽撞只会带来灾难，并且殃及救命恩人。他咬紧牙关，把嘴唇咬出了血，一动不动，装作昏迷。

胡在海仔细观察着张长有父女的表情，希望能捕捉一些蛛丝马迹，他想："只要我抓到新四军，何愁不升官……"

想到这，他得意地哼起了庐剧《狸猫换太子》的唱段——

中秋夜月正圆秋风送爽
御花园一阵阵丹桂飘香
内侍臣摆酒宴百花亭上
与爱姬赏佳节聊表衷肠……

宋王、李妃、刘妃的唱词，胡在海一个人唱了。

马元如临大敌，端着枪保持战斗姿态。

张槐花抓紧荷包，似乎荷包是救命的稻草，手心全是汗。

张长有示意槐花：不要慌！

陈俊之的外婆家在浮槎山脚下，他从小到大没少去过，便有意考问吴满山。

"浮槎山上的杨大采你可认得？"

"杨大采啊？"吴满山冷笑一声，"他可是个头顶生疮，脚底淌脓，坏透了的大坏蛋，欺男霸女，强占店铺，踢寡妇门，挖绝户坟，人做不出的坏事他都做了，禽兽做不出来的他也做了……"

陈俊之气急败坏，连忙打断吴满山："你、你胡扯！"

吴满山没在意陈俊之的感受，继续尽兴畅言："恶有恶报，这不前几天新四军浮槎山游击队把他五花大绑，开公审大会。"他伸出两只手指做手枪状，"啪啪啪，连开三枪，杨大采脑袋开花了。乡亲们高兴坏了，家家放爆竹，哈哈……"

陈俊之脸色突变，他暴跳如雷，用枪顶着吴满山的胸口说："够了！"

吴满山装作吃惊，问："老总，你认识杨大采？"

听到杨大采被镇压，陈俊之心如刀绞，他咬着牙说："他是我舅舅，这笔账迟早要和新四军算。"

"啊？"吴满山连连拱手，"得罪了得罪了，长官，我实在不知……"

"我看你就是新四军的探子！"

吴满山连忙解释："不不，我不是新四军，我真的是张长有的女婿。"

"女婿？啥时候成亲的？"

"还没拜堂，我妈爷（当地小孩称母亲为"妈爷"）说这个月十八日是良辰吉日，大人们都商量好了，我今天来是说道说道的。"

陈俊之喝道："臭小子，老实点。实话告诉你，张长有的屋子里已经有了一个女婿，又来了你这个女婿，你们两个，总有一个是假的。"

"啊？！"吴满山惊讶地望着陈俊之。

"望什么望？假的就是新四军的探子，老天有眼，该我陈俊之发财了！哈哈……"

吴满山的脑子急速在转。

陈俊之沉醉在发财的幻想中，大笑不已。

吴满山以迅雷不及掩耳之势，抓起地上的一块石头猛地砸中陈俊之的眼睛，然后撒腿猛跑，边跑边喊："老子就是新四军，有种你来抓我啊！"

陈俊之猝不及防，发出杀猪般的号叫。

瘦高个上前扶着他："班长，你受伤了。"

陈俊之捂着眼，鲜血从指缝间流出来，他对着几个士兵吼道："还不快追！"

瘦高个边跑边拉枪栓，子弹上膛。

陈俊之在后面喊："笨蛋，抓活的，死的不值钱！"

瘦高个朝天开了一枪，喊道："抓新四军，抓活的！"几个桂军士兵疯狗似的追着吴满山。

外面发生的事触动了屋里人。

胡在海不再镇静，他对马元一挥手，说："快！"一个箭步冲出门外。

……

六

雄鸡鸣叫，东方露出鱼肚白。树间鸟儿齐鸣。

梦中，张槐花摇着王战的双手："王哥哥，哥哥……"

王战心里那个甜啊……

"团长、团长。"江大水摇醒王战。

王战睁开眼，坐起来吹胡子瞪眼："干吗扰醒我，搅了我的好梦。"咂咂嘴，仿佛还在回味。

宋春凑过来，问："啥好梦？娶媳妇了？"

王战问："啥事？"

宋春拉过一位新四军战士，介绍说："这是总指挥部的通信兵，传达总指挥通知。"

王战站起，戴好军帽，整理军容。

通信兵报告："王团长，总指挥通知你速到总指挥部所在地薛计村参加军事会议。"

王战问："薛计村？江参谋，薛计村离这儿的距离是多少？"

江大水回答："大约二十千米。"

王战对宋春说："政委，你带部队按照原订计划到九连塘待命，我去指挥部。"

宋春说："团长，这次会议肯定是分配作战任务，我们团可从来都是打主攻的。"

王战轻轻捶了他一拳，说："放心吧政委，我一定把最艰巨的任务争取过来。"

宋春会意地笑了，对江大水说："江参谋，你陪团长一起去，路上机灵些，如有闪失，唯你是问！"

第三章

一

身着便衣的王战和江大水骑着骏马扬鞭驰骋，越过刘桥坝，跨过刘河湾，在一个高埂上，王战勒马立定，登高望远。大地上繁花点点，柳絮飞扬，鸟儿在渐暖的和风里啁啾，新燕归来，衔泥筑巢，一望无际的田野里到处摇曳着春天的美景。

王战惬意地深吸一口气，顿觉神清气爽。

那年伤好以后，王战按上级指示，迅速归队，几天后浮槎山游击队部分划归新四军建制，随第三支队挺进团在铜陵、繁昌地区坚持抗战。皖南事变后，王战被编入新四军二师，几年来，王战转战大江南北，出生入死，参加过大大小小百余场战斗。他作战勇敢，九死一生，无数次从死人堆里爬出来，逐步成长为团级作战指挥员……

六年过去了，他又站在了故乡的土地上，怎不心潮澎湃？

江大水问："团长，能看到你的家吗？"

王战望着远方，说："家？没父母的地方还能叫家？不过，"他的手在前面一划，"这里，还有那里，都是我的家，都是我们的家。等赶走了日本鬼子，全中国都是我们的家。"

江大水问："团长，我们啥时能赶走日本鬼子？我好想回家看我爹和我娘。"

王战的脸上露出自信，说："目前，全国抗战形势大好，各大战场捷报频传，豫西鄂北会战和湘西会战，日本鬼子的日子越来越不好过，战场上出现了大量十三四岁的娃娃兵和五十多岁的老人兵，可见他们的兵源已枯竭，支撑不了多久，胜利离我们不远了！"

"太好了！"江大水激动地大叫道，胯下的马像受到感染，兴奋地嘶鸣。

两人策马一路向北。

只见路上的行人越来越多，推车的、挑担的、赶牛的……向着一个方向涌动。

江大水判断道："团长，前头可能是个集市。"

王战应道："你说得没错，那叫张兴垅集，今天初六，逢大集。"

走了一会儿，已能看到在风中飘摆的各类幌子。江大水说："团长，你看人来人往，房屋又密，情况不明，我们要不要绕道？"

王战观察了一下，说："不必了，部队已在天亮前到达九连塘，我们在张兴垅集露个脸，正好迷惑我们的对手。下马。"

两人跳下马，走在赶集的人群中。

一阵扑鼻的香味飘来，香味浓醇独特，让五脏六腑异常活跃起来。江大水耸了几下鼻子，禁不住叹道："好香啊，什么东西这么香？"

王战笑了，指着一间店铺前竖的布幌说："在那，张集贡鹅。"

幌子下排成了长龙。

江大水咽了咽口水，伸长脖子往那边张望，挪不动步子了。

王战打趣道："怎么，肚子里的馋虫在爬吧？"

江大水不好意思地笑了笑，问："团长，你吃过吧？"

王战说："我在张大爷家养伤时，张大爷把下蛋的鹅宰了，卤了……哦，大水，张集贡鹅可是有来头的啊。"

江大水好奇地问："啥来头？快给我说说。"

"相传朱元璋还叫朱重八时，家乡濠州相继发生了旱灾、蝗灾，庄稼颗粒无收。天灾之后便是人祸，朱元璋的父母和大哥先后饿死或病死，走投无路之际,他去皇觉寺剃度出家。可惜没多久，寺庙也断粮了，住持只能打发和尚们外出化缘。就这样，十七岁的朱重八成了流浪乞讨者。

"朱重八一路向南走。他想南方总比北方好过些吧。他便由濠州经定远到了梁县，走了一两天也没有讨到吃的。到了张兴垅集，又冷又饿的他就晕倒在一户人家的草垛前。也是朱重八命不该绝，两个紫衣人发现了他并把他送到村上。

"这两个紫衣人可能就是明教的光明使者，穿紫色衣服在明教中算级别较高的。当时江淮一带明教、白莲教活动频繁，积极发展教众，积聚力量。恰好这天村庄有户人家娶媳妇，其实那个困难时代，办喜事也没多少吃的，餐桌上早空盘了，但比平时好多了，有个好心的大妈用卤鹅碟子里剩下的汤拌点饭给朱重八吃了，救了朱重八一命。这碗救命饭胜过一切山珍海味。朱重八，即后来的朱元璋味蕾铭记住了这碗剩饭的味道！

"后来，朱元璋参加郭子兴农民起义，已经不愁吃不愁穿了，再后来他在南京登基当了皇帝更是锦衣玉食，尽享天下美味，但是他怎么也找不到当年那碗剩饭的味道。

"这下可愁坏了御膳房的御厨们。他们天南地北地找，千方百计模仿，仍没得到皇帝的认可。皇帝下了旨，若再做不出他要的美味，依欺君之罪问斩。正当总管愁眉不展时，一个梁园的名叫张老三的厨子这天突然来了灵感，他对御膳房总管说：'我的老家有高人，我小时候吃的鸡鸭鹅每样都特别香，我回家看看。'总管准许了他的请求。

"张老三回到老家后，遍访名厨，但找了两个多月也没头绪。正愁没法回京交差，一次在张兴垅集闲聊中听到一个醉汉薛老头酒后吐真言，得知薛家有烹饪卤鹅的祖传绝技，便从薛家买了一只，一尝果然不错。张老三从薛老头那里套出秘方。

"张老三把卤鹅带回皇宫，进给皇帝。朱元璋尝过，便问张老三如何做出这等佳肴。张老三将来龙去脉和盘托出。朱元璋思绪万千，百感交集。这正是他当年落魄时的那碗残汤剩饭之味啊。朱元璋龙颜大悦，当场赏赐了张老三，又传旨张兴垅集卤鹅为朝廷贡品。张兴垅集不易记，便简化为张集贡鹅。"

"据说啊，这家卤鹅店的卤汤自朱元璋赐名之后就没断过火……"王战说。

"我的天啊！"江大水惊得下巴都要掉了，"这么久，该有好几百年了。"

"快 600 年了。"

"团长，我们买一只尝尝吧。张集贡鹅这么神奇，不吃一顿遗憾啊！"

王战望了望卤鹅店前长长的队伍，说："这次算了吧，我们赶路要紧。待打完这一仗，我请客，让你吃个够！"

二

一支舞蛇的队伍由远及近。赶集的人纷纷退到街道两旁。

一只大蛇在锣鼓的打击节奏中，威武雄壮地过来了。几个壮汉用力敲着大锣、大鼓、大钹，壮汉的身后是一排猎猎的彩旗，旗子上写着"大邵洋蛇"字样。

对于大邵洋蛇，王战并不陌生。浮槎山游击队即成立于大邵洋蛇的所在地——大邵村。大邵村位于东山山沿，村风淳厚，民风朴实。元末明初，一对邵姓婆媳为逃避元兵迫害，躲在东山的一个山洞，被元兵发现，意图不轨。危急时刻，山风大作，雷电交加，暴雨倾盆，飞沙走石，一条数丈长的白蟒飞下山崖，直扑山洞，口吐蛇珠直逼元兵。元兵魂飞魄散，惊慌逃遁。婆媳二人因此得救。三个月后媳妇生下一子，取名"思明"。当邵氏媳妇向族人讲获救经历时，族人奔走相告，认为此蛇非同寻常，一定是从东海龙王那里来的，邵氏后人把它称为"洋蛇"。

十八年后，思明长大成人，为纪念救命的洋蛇，就用竹丝、麻油纸扎出洋蛇。在洋蛇腹中点起红烛，玩起了洋蛇灯，并立下规矩，每八年玩一次，每玩一次就增加一节灯把。洋蛇灯工艺复杂，绑、扎、凿、勾、翘、压逐次进行，无可替代，全凭老艺人口口相传，师徒传承。

不过由于连年战乱，百姓民不聊生。邵氏族人为了生活，打破了祖训，三五成群组建洋蛇队。有些非邵姓村民也担起了班子，婚丧嫁娶、上梁开镰，逢年过节……应约表演，讨几个赏钱，买几升米麦，聊以度日。今天张兴垅逢大集，他们照例也来赶集。

王战在浮槎山游击队期间学过舞蛇之技。其实，玩洋蛇吸收了舞狮头的众多技巧。

锣鼓声中，一条蛇活灵活现。舞蛇人显然有较深的武术功底，他时而威武勇猛，雄壮威风；时而嬉戏欢乐，幽默诙谐。将喜、怒、乐、醉、猛、惊、疑、动、静等神态表演得惟妙惟肖。

两旁的观众笑得前仰后合。

在每个店铺门口，舞蛇人都会逗留片刻，展示一个个高难度的动作，直到店家拿出银圆或粮食。店家给得越多，舞蛇人舞得越卖力。

舞蛇人来到王战面前，舞出轻柔的姿态，配弓步、马步、独立步，看似柔和，实则暗藏功力。

王战看出，领舞者是个练家子的。

蛇口突然张开，露出一双阴森有杀气的眼，眼角上有一块醒目的疤，如一条大蜈蚣。

王战一惊：好眼熟的一张脸，在哪见过，一时又想不起来。

蛇轻跳转身，在路人的欢呼声中跳动而去。

王战的眼里掠过一丝惊讶，右手不由自主地摸到枪套。

"团长，蛇队可疑？"江大水看出了王战的疑惑。

王战答非所问："难道是他？"

"他？他是谁？团长，你说明白些。"

王战肯定地说："是他，就是他！"

江大水一头雾水："团长，你越说我越糊涂了，谁啊？"

王战说一声："快走，此地不可久留。"他快速拉着马拐进了一条冷僻的巷子，然后飞身上马……

三

一辆牛车在乡间路上奔跑。

路面坎坷不平，牛车像惊涛骇浪上的一叶小舟，上下颠簸。车上的人扶紧车帮，时时有被抛下的危险，但赶车人顾不到这些，一遍遍催促拉车的牯牛："驾、驾……"

赶车的人和坐车的人都是舞蛇人装扮。还有几个青衣短打的青年人分成两路，跟着车小跑，从他们的步姿不难看出他们绝不是普通的艺人。

那条黑牯牛红着一双牛眼，它的长处是驾犁耕耘，拉车本来就不是它的强项，可那条长鞭时不时地在眼前晃动，它只有迈动笨重的身躯，喘着粗气奔跑。

见老牛跑得太吃力了，赶车人吩咐坐车人："马元，你也下去吧。"

马元应了一声，跳下牛车，他顺手摘下蛇头扔到牛车上，然后双拳推于腰际，跑动起来。

老牛实在跑不动时，他们到了一块岗地，赶车人把鞭子一扔。

岗地上有棵老树，兀立在原野上。尽管已是四月天，小草绿茸茸的，远处浮槎山芳菲尽染，可这棵老树仿佛被遗忘在季节之外，没有抽绿发芽的迹象，抑或是已在冬天的料峭中死去了。

"报告团座。"被唤作马元的人此时已脱去戏装的外套，身着国民党桂军军服，上尉的铜质肩章在阳光下闪光，他向赶车人敬了个礼。

团座已换上了佩戴上校衔的桂军服装。他将戏服胡乱地扔在一边。他便是胡在海，桂军十七师一百八十四团团长。他不仅换上了服装，也换上了一副面孔：表情阴戾，额上的一道蚯蚓般的疤痕平添了几分凶相。

"那几个人咋处理？"马元指着岗下。

胡在海这才注意到，岗坡下有几个捆着双手的人，在两个桂军士兵的持枪看押下瑟瑟发抖。他们是大邵洋蛇队的演员，平时行走江湖挣几个辛苦钱养家糊口，不料今天倒了大霉，撞上了桂军团长胡在海和侦缉队队长马元。为便于隐蔽，胡在海扒下了戏班子的衣服，乔装打扮一番，混进张兴垅集。

胡在海，广西陆川人。在湖南唐生智的队伍中服役时，恰巧编在营长廖磊的队伍。一次与红军作战时，一颗手榴弹滚在廖磊身边，勤务兵胡在海猛地扑在廖磊身上，好在那是一颗哑弹，但其忠诚已被廖磊明察，廖磊便将他收为自己的卫兵。

抗战爆发后，廖磊任二十一集团军总司令，率部北上，驻节合肥。胡在海步步追随。为培养亲信，廖磊亲挑几名卫兵到基层一线任职锻炼，其中就有胡在海。可惜好景不长，1939年10月23日，廖磊因突发脑溢血病逝，继任者李品仙心胸狭窄，对胡在海另眼看待，百般挑剔。识时务者为俊杰，胡在海在老主子去世后，积极更换门庭，托关系投到李品仙门下。桂军打日寇不含糊，搞摩擦也不外行。无论打日寇还是搞摩擦，胡在海以"军人以服从命令为天职"为由，唯李品仙马首是瞻，受到李品仙心腹一七一师师长李本一的器重，六年时间，从少尉排长擢升为上校团长。

马元催道："干脆，毙了吧。"说着拔出驳壳枪就要动手。

"胡闹！"胡在海制止。

"团座，留着有后患，怕会走漏风声。"马元原本是浮槎山的土匪，拦路抢劫，杀人越货，无恶不作，心狠手毒。抗战爆发后，他看新四军被改编为国民革命军序列，便接受了改编。可新四军纪律严明，对老百姓秋毫无犯，官兵一致，没有薪水，他受不了约束和生活的清苦，当了逃兵。恰逢胡在海招兵买马，便成了胡在海的部下。由于他熟悉皖东一带的风土人情、地形地貌，被委以重任，从屁颠屁颠的小跟班起步，随着胡在海而水涨船高，担任了团侦察队队长。

被绑的戏人惊恐万状，大呼：

"长官，求求你，别杀我们啊。"

"长官，我上有老，下有小。"

"大老爷，我给你磕头了。"

胡在海动了恻隐之心，命令道："把他们放了！"

"放了？"马元瞪大了眼睛，"这些人会暴露我们行踪的。"

"什么暴露不暴露。大队人马行动，有什么秘密可言？放了他们，给自己积点德。"胡在海说。

戏人闻言，千恩万谢——

"谢谢你啊，长官。"

"菩萨保佑你，大老爷。"

"我天天给你上高香。"

马元喝道："去去去，别扯了，快滚快滚！"

戏人如获大赦，爬起来就跑。

胡在海叫住他们："等等。"

戏人们脸上又显出死灰之色，他们以为这些长官改变了主意。

"把牛车和行头一起带走。"

戏人们连忙爬上牛车，一边作揖，一边打牛快走，生怕迟走一步又大难临头。

一辆美制吉普车裹挟着沙尘急速驶来，戛然停在路边。司机跳下车子，向胡在海行礼，然后拉开车门。

"回团部。"胡在海抬脚上了车。

四

王战和江大水策马扬鞭来到津浦路西野战指挥部薛计村时，太阳已经偏西，如血的光辉将村庄染成一幅水墨画。

薛计村是个不大的村庄，位于八斗岭岭脊。

说起八斗岭，还与三国才子曹植有关。建安十八年（213），曹植率部前往庐州与父亲曹操会合。三军行至百子桥时，只见艾草深深，田地龟裂，方圆十里内，竟无军马饮用之水。由于连年战乱，早已民不聊生，许多人只得背井离乡，而一些故土难离的乡亲，只得挖野菜度日，饮水却要半夜到薛计村旁的一条快干涸见底的小河舀一桶稀粥似的浑水。曹植驻足沉吟片刻，命副将率大队人马驰援庐州，自己留下部分军粮以赈饥荒。让士兵连日施工挖出一口大井，供方圆数里人畜用水。奇怪的是此井无论怎么用，无论是大旱还是大雨，水位保持不变。当地人感念曹植的恩情，借用谢灵运的话"天下才有一石，曹子建独占八斗，我得一斗，天下共分一斗"，将百子桥改名为八斗岭。

八斗岭像一条鲫鱼，一路向东游，游到薛计村时，原地打个旋，旋出一片高岗，津浦路西野战指挥部就设在村中几间土坯草房内。

村子已被封锁，里三层外三层加设了岗哨。

王战猛磕马肚子，完全不理会岗哨，旁若无人地来到指挥部不远处后门楼，士兵挡住了去路。

士兵礼貌地拦住王战，说："首长，请出示证件。"

江大水上前解释，吓唬道："新兵蛋子，没长眼睛啊，这是特务团团长王战，快放行。"

士兵坚持己见："对不起首长，没有证件谁也不许进！"

王战从马上跳下，正欲发作，发现岗棚内有个军官模样的人，双臂交叉在胸前，望着他笑。

好面熟，在哪见过，王战一时想不起来。

"王战，王团长。"那人向他叫道，"都当团长了，何必跟一个小战士较劲？"

"你是……？"

那人哈哈大笑，说："你真是贵人多忘事啊。"说完，脱下军帽。

"啊，是你啊，朱参谋长！"王战认出来了，是新四军第四支队的朱正茂。那年，支队首长让王战回家乡拉队伍，王战舍不得首长，舍不得老部队，闹情绪，是朱正茂和他谈的心。

王战舍不得离开高司令，高司令是他的人生领路人，高司令手把手教他认字、打枪，在高司令的教诲下，他知道了穷人为什么穷，王华槿这帮地主恶霸为什么欺负穷人，他知道了有一个组织叫中国共产党，是全心全意为穷人说话为穷人打天下的。

他舍不得，一百个不愿意离开主力，离开大别山。几年来，他与这块土地与这个集体朝夕相处，产生了深厚的感情。他从来没有想过与这支部队分离。不仅高司令是他的亲人，还有那么多的战友：慈父般的炊事班班长为他缝补军装，房东大娘悄悄塞给他一只煮熟的鸡蛋，还有每次打仗，手枪团团长詹化雨都把他拽在身后……

他舍不得离开。

可他又不得不离开。

在位于舒城东冲巷的新四军第四支队政治部，朱正茂看到向隅抹泪、神情暗淡的王战，他主动上前打招呼：

"同志，啥事这么难过？"

王战闻声，白了他一眼，没理会。

"男儿有泪不轻弹啊，何况我们是革命战士，只流血不流泪。"

王战嘟哝道："说得轻巧，没轮到你头上。"

"哟，小同志，情绪不小啊。"朱正茂笑着说。

王战只顾抹泪。

"天塌了还是地陷了？"

"不是。"

"犯生活作风问题被处分了？"

"你才受处分呢！"

"那就是跟女朋友吹了。"朱正茂说，"一定是失恋了。"

"我还没女朋友呢。"王战见眼前的人比自己年长不少，又像个首长，却这么和蔼可亲，自己却态度冷冰冰的，不觉有些愧疚。他站起身子，勉强露出了微笑。

朱正茂伸出手，说："自我介绍一下，我叫朱正茂，刚接到命令，明天动身去八团报到。"

"啊！你是朱、朱参谋长。"王战知道，有个叫朱正茂的老红军即将赴任新组建的八团参谋长。新四军第四支队初建时，缺少大量干部尤其是政工干部。原因一是三年大别山游击战中许多干部牺牲；二是队伍里少有识文断字的人，不缺冲锋陷阵浴血奋战的勇士，但端起枪能上战场，放下枪能做思想工作的少之又少。高司令向党中央写信，请求增援一批干部尤其是政工干部充当团、营和连指挥员。于是，五十位经过血与火、生与死考验的我党中央力量从陕北来到了大别山，其中就有朱正茂。

朱正茂是第一批新四军军事政治工作人员之一。他至今记忆犹新。在延安，毛泽东主席亲自主持欢送会为他和他的战友们送别，并嘱咐他们要提高警惕，要依山傍水扎营，防止被国民党军队吃掉。毛主席以调侃的口吻望着朱正茂说："天上九头鸟，地上湖北佬。正茂同志，你这个湖北佬可要当心'广西猴子'，别看他们是草鞋兵，却不是草包。要吸取闽西游击队被国民党军吃掉的教训，在桂系的地盘上打出一片新天地。"

朱正茂是湖北荆州人。1929 年参加中国工农红军，1931 年入党，在贺龙的红三军先后担任连长、营长、副团长。反"围剿"失败后，朱正茂随红二、六军团进行了二万五千里长征，到达陕北后，进入大学学习。

"哈哈……你这小鬼。"听了王战诚实的内心告白，朱正茂笑了，他指了一下王战的脑袋，"里面的东西太简单了！"

"简单？"王战不解。

两人边走边聊。大地回春，万物复苏，一片生机。王战觉得眼前的这位首长丝毫没有架子，与他走在一起就如春风拂面，让人有种自然而然的亲近感和倾诉欲。王战把自己的身世、经历及真实的想法一股脑儿说了出来，说完之后，感到轻松了不少。

"王战同志，"朱正茂问，"你参军是为了什么？"

这个问题如果在参加红军前，王战会回答为了吃饱肚子，为了不受王华槿的气。经历了几年的红军大熔炉，他已成长为一名合格的党员了。他说："当然是为了推翻剥削阶级，让老百姓过上好日子。"

"好，回答得好！"朱正茂又问，"那眼下呢？红军改编成新四军，我们应该怎么做？"

"眼下？日寇侵略，占我领土，杀我同胞，我们要把他们消灭光！"

"王战同志，道理你不是很懂吗？还有什么想不通的呢？"

"可我……"

"你想，你的家乡濒临南京、滁州、全椒，那里必将是战略要地。日寇占领南京后，已频频向皖东发动攻击，你的父老乡亲正在遭受日寇的蹂躏，你不想去保护他们吗？"

"想，当然想！"王战握紧了拳头。

朱正茂继续说："你自小在那里长大，地形地貌风土人情都熟悉，还有谁比你更适合去？"

"这……"

"命令已经下达，你是军人，又是共产党员，你自己说说该怎么对待？"

"坚决服从！"王战挺起了胸脯。

朱正茂微笑着拍了拍王战的肩膀，半开玩笑地说："再说，你也晓得我们高司令的脾气，如果当面顶撞他，不服从命令，考虑过后果吗？"

王战一个激灵，额头沁出冷汗。高司令可是经过血雨腥风的人，性烈如火，对于违抗军令者，轻则拍案怒斥，重则军法处置。王战庆幸遇到朱参谋长，否则挨顿臭骂是不可避免的。

朱正茂进一步教导他："高司令是为了锻炼你。你是一块好钢，好钢用在刀刃上。"

王战感激地使劲点头。

朱正茂从口袋里取出一支钢笔，塞到王战手里，说："今日相见算我俩有缘，这支笔是我的老首长贺老总奖励给我的，送给你，做个纪念吧。到了抗日一线，也别忘了学文化，将来革命胜利了，没有文化怎么建设我们的美好家园？"

"谢谢首长。"王战接过笔时，心里不仅充满感激，更是充满了对未来的期待与信心。

……

一晃七年，没想到啊，今天见面了。

朱正茂此时的职务是新四军二师某团团长。仅从职务安排上，朱正茂充分彰显了共产党员的高风亮节。

1938 年初，根据国共两党协定，豫南人民抗日军独立团进入确山县竹沟镇，宣布八团成立，团长周俊鸣，胡龙奎任政委（后为林凯），朱正茂任参谋长，政治处主任为赵启民。下设两个营，其中一营营长成均，二营营长朱绍清，这两人都是朱正茂的湖北同乡。朱正茂一心为了革命事业，从不计较……如今，当年朱正茂麾下一营营长成均担任五旅旅长，朱绍清为四旅旅长，都成为他的直接上级。另一位下属赵启民（在朱正茂调离后接任参谋长）

则是五旅政委。

有人为朱正茂叫屈，朱正茂轻描淡写地说："都是革命工作，何屈之有？我不追求个人名利，只要党需要，哪怕当个排长、班长，我也愿意。"朱正茂在团职岗位上七年有余，却无怨无悔，赢得了新四军将士们的高度评价。

……

"首长好！"王战毕恭毕敬地敬礼。

"哎呀王团长，不敢当啊不敢当。"朱正茂拿下王战敬礼的右手，说："现在你可是大名鼎鼎的主力团团长，我俩可是平级啊！"

"你永远是我的老领导。"王战谦虚地说。

"你送我的这支笔，我随身携带着。"王战从杯中掏出钢笔。

"你呀……"

两人并肩走进津浦路西野战司令部。

五

会议室是由堂屋布置而成的，几张八仙桌拼在一起，铺上一块蓝布，便是会议桌。这些身经百战的指挥员以同一种姿势端坐在椅子上，身板挺立。

会议室正中央悬挂着毛泽东主席、朱德总司令的画像，两侧分别是党旗和军旗，简朴而肃穆。一张津浦路西敌我形势地图占据半堵墙。地图上，红色箭头代表新四军，蓝色箭头代表桂系，黑色箭头代表日军，黄色箭头代表汪伪军队。只见地图上几种颜色的箭头龙飞凤舞，犬牙交错，足见形势复杂与险峻。

朱正茂和王战进入会议室时，会议桌上已座无虚席，他俩悄悄地坐到参谋和工作人员的座位。

"朱团长、王团长，"总指挥发现了他俩，指着自己身边的两个位子说，"快过来快过来，坐到这里来。"

两人互相望望，都不好意思坐到总指挥身边。

总指挥加重了语气，说："别像个婆娘似的，坐过来，有你俩的重要任务。"

听说有任务，而且是重要任务，两人不再谦让，坐到了总指挥身边。

会议室里挤满了人，有二师四旅旅长朱绍清、政委高志荣，五旅旅长成均、政委赵启民，六旅旅长陈庆先、政委黄岩，三师七旅旅长彭明治，独立旅旅长谭健……这些在新四军抗战历程中叱咤风云的将领，并没想到自己十年之后会成为共和国的将星。

每个座位上放着一包"飞马"牌香烟。这种香烟是新四军二师供给部下属新四军烟草公司生产的军供香烟。烟标的图案是一匹背生双翅、在云中奔腾的飞马，寓意革命如飞马奔腾。

总指挥一手夹着烟，一手端着茶杯，开门见山地说："同志们，今天召集营以上干部召开津浦路西反顽战役部署会，下面先由参谋长向大家报告目前的形势。"

没有套话，没有官话，参谋长对着地图，讲解着：

"几年来，与新四军第二师、七师正面对峙的桂顽第一七一师、一七二师，不断地向淮南津浦路西和皖江地区进犯，企图摧毁与蚕食抗日民主根据地，虽经我军屡次自卫反击，但其反共气焰仍未消减，反而变本加厉。国民党桂系一七一师于 1943 年冬开始蚕食含（山）和（县）地区，1944 年 7 月和 1945 年 1 月下旬，又两次进占江全（中心区）地区，切断新四军二师与七师的交通。到 1945 年 2 月 21 日，国民党桂顽一七一师主力在师长李本一的率领下，大举进犯巢南中心区，占领严家桥、石涧铺等地，烧杀抢掠达一周时间，企图完全摧毁皖江根据地，遭我军反击后撤退，但第七师牺牲两名团长和许多战士，损失很大。1945 年 3 月，敌顽为策应进犯我巢南地区之顽敌，派一七一师副师长肖湘汤率五一三团的两个营和保三团的一个大队等部向含和地区进犯。3 月中旬，李本一再度组织三个团兵力企图进犯巢南地区，后因老河口战役的发生而中止。

"此时，新四军二师部队为解含和之危，打乱桂顽进攻部署，乃于 1945 年 3 月 4 日起，对周家岗至肖家圩一线的顽据点发动配合性进攻，历时 12 天，共攻下据点 13 个，歼灭与瓦解顽军近1000 人。这次战斗后，桂顽第七军将一七二师五一五团两个营并附军属山炮和师战防炮各一个连增兵皖东，配合向路西中心区藕塘进犯，得手后，伺机夺回肖家圩、界牌集、周家岗等地一线工事。此时，顽军在路西总兵力已达 13000 余人。另一方面，顽军虽然退出七师地区，但皖中仍然处于两面顽军夹击和敌伪配合状态中，完全截断了七师、二师和军部三方面的交通，对新四军威胁极大。"

参谋长说："为了增援七师，巩固皖中，打开七师部队被桂顽两面夹击之局面，并伺机解决津浦路西问题，新四军军部决定成立淮南津浦路西野战司令部，并组织一次津浦路西反顽战役。谭健、彭明治为正、副指挥。目前四旅位于全椒县周家岗一线，五旅位于定远县岗王、安子集、得胜集等地，津浦路西分区部队在周家岗至响导铺、宁家庙一线阵地进行对顽防守整训。七旅今日将越过津浦路线移驻定远大桥，伺机移驻合肥与定远交界的古城镇。"

参谋长一口气说完，人群涌起一阵波动——

"啊，大动作啊！"

"我们终于可以放开手脚痛痛快快地干一仗了。"

"早就该给桂军点颜色看看了。"

参谋长轻敲了几下桌子，待大家安静下来，他一会对着地图，一会面对着大家，娓娓道来：

"指挥部认为：顽一百七十一师最多能以四个团的兵力集中作战，该师在定远占鸡岗战斗中损失惨重，因此处处谨慎，根本不敢长驱直入。我军放弃一些已经攻占的据点，顽军必将于进占后筑堡固守，显然对我军不利，如果我军以优势兵力主动进攻其据点，顽必增援。而我军兵力较多，可以歼灭顽军增援部队，并进而扩展攻势。桂顽为保存实力，在其部队有被歼灭危险时可能会放弃津浦路西阵地。

　　"鉴于以上分析，指挥部决定采取围点打援的战法，力求在运动中歼灭一七一师的增援主力大部或一部，然后相机向其阵地进攻，迫使一七一师西撤，等顽军撤到半途再穷追猛打，歼灭其一部……"

　　总指挥在党内军内德高望重，他参加过创建井冈山革命根据地和中央根据地反"围剿"，红军长征后，出色地指挥留守红军的三年游击战争，抗战后，他是江南抗日根据地的开拓者，身经百战，顽强斗争，百折不挠。此时，他的心情和大家一样激动，他接过参谋长的话说："是的，同志们。这场反顽战役我们集中了二师四旅全部、五旅一部及六旅十八团，三师七旅全部及独立旅，而我们的敌人呢，是我们的老对手一七一师、第十游击纵队、省保安团。双方投入兵力都在万人以上，这是我新四军自抗战以来少有的如此大规模的战斗，参谋长你继续。"

　　"指挥部决定将首站位置放在这里。"参谋长指着地图上的一个黑圈说，"各位请看，这个地方叫王子城，是江淮分水岭上一个不大的集镇，形同一只平放的葫芦瓢，是土顽王华槿和桂顽经营多年的反共堡垒，分大小圩子。小圩子位于葫芦瓢把上，大小圩子四周挖了 6 米多宽、3 米多深的壕沟，但这壕沟里不仅有水，还有稀泥。既是护城沟，也是王华槿私设的监狱，王华槿常把抓来的犯人或肉票扔进壕沟，使其求生不能，求死不得。沟外密布铁丝网，有六七米宽，沟内沿是 3 米多高的土坎，圩子四周有大大小小十二座碉堡。王子城是一七一师的门户，驻守着桂顽一七一师五一一团的一个加强营，配备火炮、重机枪等火力，另外还有王华槿的剿匪司令部第一大队约 800 人，可谓兵强马壮，易守难攻。"

总指挥站起身，边说边踱到地图前："指挥部决定采取围点打援的战术，即围攻王子城，迫使敌人前来救援，我军在途中设伏，以优势兵力歼灭它。"他一拳击中王子城，"因此，围歼王子城的任务异常艰巨，事关全局……"

王战内心像汹涌的大海，他想到含冤死去的父母，他多么渴望率领全团把王子城打个稀巴烂，亲手活捉王华槿，为九泉之下的父亲和母亲报仇，为千万个受欺凌的乡亲报仇。他的脑子快速转动，寻思以什么理由把这个任务争取过来，可慢了半拍，朱正茂腾地站起来，他胸脯起伏，高声叫道："报告总指挥，请将围攻王子城的任务交给我们团。"

包括总指挥在内，会议室内的所有人都感到意外。朱正茂是久经沙场的，风风雨雨将他磨炼得沉稳老练，怎么一下子情绪似乎有点失控。

朱正茂并不在意战友们不解的目光，面向大家鞠了一个躬，"拜托各位老战友，不要和我争了，我要踏平王子城，活捉王华槿，扒了他的皮，为死难的弟兄报仇，拜托大家了！"

只见参谋长走到总指挥跟前，小声说着。

总指挥听着听着，点了点头，一副恍然大悟的神情。

王战理解朱正茂的心情，他拽了拽朱正茂，说："老首长，坐下，慢慢说。"

朱正茂坐了下来，脸色通红，眼球充血，像公牛见了红布。

他怎能忘记——

1939 年初，中共中央书记处发电："东南局、中原局并转八团，目前我党我军在皖东的中心任务是：建立皖东抗日根据地，目前在一切敌后的任务都是建立根据地了。这是我们一切工作的中心和目的，也是一切友党、友军政府及全体人民共同的任务，因此，固然不应空喊这一口号，但也不必把这任务秘密起来，而应当主动努力去作（做）。"根据这一指示，已在肥东一带站稳脚跟的八团积极争取一切抗日力量。

那时，王华槿拥有一百多条枪，是八斗岭地区实力较雄厚的地头蛇，如果能将其改编，无疑会增加八团的战斗力。

对争取王华槿，朱正茂持保留意见，他侦察到，王华槿在圩堡内几乎实行农奴制度，强迫当地的老百姓定期到庄园里服劳役。在民间的传说中，王华槿性格多疑而好杀，据说某次他感觉自己的儿子性格过于软弱，就一枪把他打死。虎毒尚不食子，这样的恶霸哪有什么信仰和道义可言？但抱着试一试的念头，政治部派出宣传队的五个宣传员前往王子城，其中就有朱正茂的妻子、宣传队队长肖芳。

朱正茂把妻子送出老远，千叮咛万嘱咐，依依惜别。

在无限牵挂中，朱正茂等到了宣传队的消息：王华槿与省府在蚌埠的汪伪省政府勾结，公然当了汉奸，宣传队进了圩堡就像羊入狼群，肖芳和其他队员被王华槿残忍杀害，无一幸免，作为给主子的见面礼……

打下王子城、活捉王华槿也是王战的心愿。但他理解老领导，话到嘴边又吞了下去，他只是用力握住朱正茂的一只手，朱正茂报以回握，一切尽在不言中。

总指挥问："朱团长，围攻王子城，你有几成把握？"

朱正茂果断答道："十成！"

总指挥道："哦，说说看！"

"王子城有一七一师五一一团的两个营，但最难啃的骨头还是王华槿。他经营王子城多年，深知罪孽深重，为了保命，修建的圩堡高大而坚固，圩堡内部地下挖了通道，士兵可以通行，更可以伏击来袭的我军。碉堡的正中，树立了一座高数丈的楼房，能够眺望5千米之外，楼房是三角形的，中间一个房间，三角各一个房间，中间的房间是大碉堡，供他吞云吐雾，而另三个房间是他的三房姨太太，好在我团缴获了几门迫击炮和掷弹筒，正好派上用场，更重要的是，这口气战士们憋了几年。"

总指挥用力拍了一下朱正茂的肩膀，说："好，攻打王子城的任务就交给你们团。"

朱正茂泪珠在眼眶里打转，说："谢谢总指挥，我代表老八团宣传队遇难者、代表所有被害死的无辜百姓，谢谢你！"

"你听好了，别只顾报仇，你的任务是把古河和梁园的桂军吸引出来，要把握好火候。"

"明白！"

王战在笔记本上写着什么，一会抓耳，一会挠腮。被总指挥看出了，点名道："王战团长，你有话就说。"

王战合上笔记本，要站起来。

总指挥说："坐着说。"

王战说："我认为你忽略了一个重要的因素。"

大家都吃惊地望着王战，毕竟，敢用这种口气跟总指挥说话的人并不多。

总指挥笑着鼓励道："大胆说。"

王战走到作战地图前，接过参谋长手中的小木棍，说："这里是浦口，驻扎着日军铃木大队，如果他从我侧翼偷袭，我军就会陷入腹背受敌局面。"

总指挥赞赏道："提得好，不愧为二师虎将。王团长，你有何破敌良策？"

王战说："由我团派出一个营迂回到全椒，既可观察日军动向，又可牵制一八四团。"

朱正茂说："看上去是着险棋，可运用得好，可以险中求胜。"

参谋长说："抗战多年，日寇已成强弩之末，前方报告，在打扫战场时发现十四五岁的孩子兵和五十多岁的老汉兵，说明日寇兵源枯竭，难以支撑下去。"

王战说："据可靠情报，前几天，桂系与日寇在巢湖岸边一个叫长临河的小镇上签订了一份密约，具体内容还在侦察中，但可以断定的是桂军与日寇相互勾结，我们要防止敌人狗急跳墙。"

看到干将们讨论得热火朝天，总指挥满意地笑了。他坚定地说："你们讲得都有道理，军部首长充分考虑到了这些因素，只要日寇胆敢增援顽军，我军一定会迎头痛击，誓叫他们有来无回！"

总指挥话音刚落，会议室里响起一片掌声。

"总指挥，我请求把最艰巨的任务交给我们。"王战急切地说。

总指挥呵呵一笑，说："王团长，特务团是块好钢，好钢要用在刀刃上。"

王战急不可待了，说："请总指挥下令，我团保证完成任务。"

"你们的任务啊……"总指挥故意停了一下说，"等待命令。"

"啊？"王战感到意外，"预备队？！"

"我可不会让一块好钢当预备队。"总指挥说，"王团长，你刚才分析得很到位，战斗一旦打响，形势瞬息万变，顽军一百八十四团团长胡在海可不是一盏省油的灯，他们将有何反应，驻守在大墅的第十游击纵队柏承君会有何动作，现在都不好下结论。你们的任务就是监视他们，敌动我动，敌不动我不动，静若处子拜佛，动若猛虎扑羊，一招置敌于死地，明白吗？"

"明白！"王战嘴上这么表态，内心还是不服。

总指挥话锋一转，说："一万多人的战役，后勤压力可不小啊。"他的目光在人群里寻找，"廖成同志来了吗？"

"总指挥，我在这。"一个青年从后排站了起来。他三十岁的样子，白白净净，军装虽旧，但洗得干干净净，他就是廖成。二师六旅十八团政委。

"哦，廖成同志，你是福建人吧？"

"是的，福建龙岩人。"

"怎么听不出你的福建口音了？"总指挥奇怪了。他是湖南人，长征开始后，在闽西出色地指挥了三年游击战斗。1935至1938年任过闽西南军委军事部长和军委副主席，对福建方言并不陌生。

廖成脸红了，低头说："总指挥，我的爱人宣属华是肥东桥头集人，近朱者赤，我学了肥东话，福建话反而不习惯说了。"

"就是那个满门忠烈的宣家？"

"是的。"廖成的语气中带着悲戚，"她家先后有六位亲人牺牲在抗日的战场上。巢北支队侦察连连长宣霞章、江北游击纵队侦察大队大队长宣鑫华，还有宣成章、宣义章、宣仁章、宣茂章……个个都是好汉！"

总指挥赞叹道："将来赶走了日本鬼子，建立了革命政府，要为这些死难烈士刻碑立传，让我们的后人永远铭记他们……廖成同志，你这次担子可不轻啊！"

"报告总指挥，我们动员了一万民工，准备了15万千克粮食，还有充足的担架、马料、军鞋，建了 8 所临时战备医院，甚至，甚至……"

总指挥问："甚至什么？不要吞吞吐吐。"

"甚至……战士光荣之后的安葬之地。"

总指挥领悟了，似乎有点意外："啊？"

"我们在定远王子庙、全椒周家岗等地开挖了一千多个墓穴……"

会场很安静，能听见每个人的心跳和呼吸。这是个谁都不能回避却又都不愿触及的话题。

总指挥的目光透过木格窗户投向田野，只见大片的麦苗在春风里漾起绿波。麦田之中，三三两两凸起的坟包上坟帽是新的，纸幡飘飘扬扬。他低沉地说："打仗嘛，怎能没有牺牲？廖成同志，你考虑得很周到，向地方的同志们表示感谢！"

"请总指挥放心。"廖成庄严地表态，"请参战的所有部队放心，新四军哪里需要，我们地方党组织就出现在哪；新四军打到哪，根据地的老百姓一定会支援到哪。"

第四章

一

胡在海回到团部所在地古河镇时，天已擦黑。

古河镇地处全椒县西南，南隔滁河与含山、和县相望，东邻合肥，西望巢湖，素有"一脚踩四县"之称。抗战以来，国民党第五区行政督查公署迁此。滁县、和县、嘉山、天长、含山、全椒、来安皖东七县流亡政府党政军机关也在此落脚。这个皖东小镇一时成了驰名遐迩的重镇，狭窄的街道两旁挤满了军营、工厂、医院、学校、报社、商铺、饭店、澡堂、妓院……热闹非凡。

抗战初期，古河曾惨遭日寇多次轰炸和"扫荡"。但进入民国三十二年（1943）后，随着日寇在战场上处于下风，对古河镇的侵犯日渐减少，小镇得以恢复元气，焕发生机。薄暮时分，沿街门面张灯结彩，灯红酒绿，靡靡之音和揽客之声不绝于耳，全然看不出是处在战争状态。

"商女不知亡国恨，隔江犹唱后庭花。"胡在海想起了这句诗，自言自语。

"什么？"马元不知是没听懂还是没听清，"团座，你说什么？"

胡在海没理他，这个跟随自己多年的侦缉队长，忠诚有余，文墨不足。想让他懂得这句诗，很费劲。其实，胡在海也是似懂非懂。《皖东时报》等报纸常引用这句诗以讽刺国难时期一些党国要员贪腐。

一八四团的团部设在法王寺。

法王寺最初建在东门外的襄河岸边，因地势低洼，汛期常被大水淹没。为祈求船运平安，350 年前，两个船运盐帮帮主联袂在"果盒滩"重建法王寺供奉以龙王为主体的众多佛像。据县志记载，最盛时的法王寺有大雄宝殿塔楼、东西寮房 30 余间，烛照夜空，造型奇伟，雕梁画栋，翘角飞檐，气势磅礴。

可惜，在日寇的战火中，龙王也保佑不了自己，法王寺已面目全非，被破坏殆尽。

塌了一半的大雄宝殿中，龙王掉了一只胳膊，露出泥塑本来面目，一八四团司令部就设在供奉十八罗汉的偏殿。

推开大门，屋内已点亮了蜡烛。正对门的是宽大的办公桌，皮转椅背对着门口。

"卫兵。"马元高叫道,"死哪去了?快给团座打盆洗脸水。"

这时,皮转椅缓缓转动。

"什么人?"胡在海和马元本能地拔出腰间手枪。两支枪指向椅子。

椅子完全转过来,一个身着少将服的中年人出现在面前。

"啊!"胡在海惊讶地喝令马元,"还不快把枪收起来,这是李师长。"

因为慌乱,马元装了几次才将枪装进枪套。他向李师长敬了个礼,知趣地退出门。

李师长便是李本一。他十八岁入伍,作为桂系的后起之秀,得到白崇禧的赏识,被保送到南宁军校深造,靠着战功逐级提拔,历任国民革命军排、连、营长。他打仗勇猛,右手的中指、无名指、小指均被打断,身上也弹痕累累。中原大战中,桂系败下阵来。翌年,蒋介石与李宗仁握手言欢,桂系被列入国民党军序列,淞沪会战,国民党军节节败退,李本一带领一七一师五一三旅一零二六团参战,在实力悬殊的火力下,全团由2000人打得只剩下200人。即便如此,未有一人后退,接到撤退命令之后才趁着天黑率部游过富春江归队。李本一一战成名,被宣传为抗战中坚力量。1938年,他先后被任命为皖东游击司令、第五战区第十游击纵队司令,转战大别山与日寇进行游击战。在与日寇交战的六年中,李本一表现不俗,担任旅长、师长、第七军副军长兼一七一师师长。为了壮大自己势力，在得到重庆的默许后，他竟然打起了新四军的主意。1940年皖南事变后，以李本一的一七一师为先锋的十个师对新四军展开围攻，经此一战，李本一成了新四军仇人。但他根本不思悔改，反而变本加厉，在津浦路两侧不断与新四军发生摩擦，甚至大量诛杀无辜群众。据战后统计，李本一及其部下杀害的群众竟达三万人之多，令人发指。

在胡在海的心目中，李本一不仅是他的恩师和贵人，还是他崇拜的偶像。

"不知恩师屈驾到此，有失远迎，学生……"胡在海毕恭毕敬，在李本一面前，私下里胡在海都是以学生自称。

李本一劈头就骂："你个野仔、颓黑、浑戳……"这是广西方言，骂人的话，胡在海能听懂。他了解这位长官，只有对最亲近的人，他才用方言骂人，或者说，当他用方言骂你时，已把你当作亲信了。

李本一样子很凶，骂得很难听。胡在海反而窃喜，尽管他并不知道长官为何事骂自己。

骂够了，李本一坐到椅子上，语重心长地说："在海啊，你是一团之长，不是作战参谋，团长要在团长的位置上。"

胡在海明白了，长官是为去张兴垅集侦察之事，他悄悄来到团部，可坐了那么长时间的冷板凳，能不生气吗？

"恩师，学生听从教诲，以你为楷模啊！"

"我？我何时让你做孤胆英雄？"

"当年，恩师作为上校团长，死守嘉兴，不是抱着机枪身先士卒吗？恩师的胆识与无畏，正是学生所景仰的。"

胡在海的恭维让李本一心里很受用，他挥着失去三指的右手说："好了好了，当年置之死地而后生，现在形势不一样了。"

"恩师屡建奇功，学生敬佩不已。"胡在海仍在激动地讲着。

李本一心中的不快烟消云散了，他拍了拍胡在海的肩膀，说："你可是我的心腹爱将，我不想让你出现意外。如今德军在欧洲战场节节败退，日寇现在已是日薄西山，蹦跶不了几天，我们与共产党迟早要摊牌，将来你必定大有作为。"

"全靠恩师栽培，学生誓死追随恩师！"胡在海给李本一递上一支烟，随即掏出打火机啪地打开。

李本一深深吸了一口，又徐徐地吐出来。他望着胡在海说："那份长临河密约文本，我看过了，在海，你很聪明，没有签字。"

胡在海小心翼翼地回答："我在维护桂军的荣誉，不能让新四军抓到把柄，更不能留下骂名！"

"有了这个东西，至少对日寇是个约束，我们可以放手对付新四军。"李本一摁灭只抽了一半的香烟，"我打日寇从不含糊，可我们的心腹大患是共产党，而在对付共产党这一点上，我们与日寇的目标又是一致的。要不了半年，他们就要和我们争夺天下。"

"我在张兴垅集和刘河湾发现了新四军'特务团'团长王战。"胡在海报告。

"来者不善啊！"李本一背着手，在不大的屋子里转圈，"据可靠消息，新四军频繁调动人马。"

"看样子，他们有大动作。"

李本一走到墙壁前，胡在海唰地拉开遮住地图的布帘，李本一在地图上边画边分析。

"今年 2 月，我军占领了严家桥、石涧铺等地，虽然没有完全摧毁他们的根据地，但新四军损失惨重，其中 2 名团长被击毙；3 月，肖湘涛副师长率五一三团和保三团进攻含山和县地区，战果辉煌。新四军二师为解含和之危，对我周家岗与肖家圩一线的据点发动配合性攻击。我五一五团、师属山炮营增兵皖东，相机夺回肖家圩、界牌集、周家岗等一线工事。至此，我军在津浦路西的总兵力已达 13000 人。再者，我军虽然退出二师地区，但整个皖中仍处于我军两面夹击中，完全截断了新四军二师、七师和军部三方面的交通。"

胡在海附和道："这么说，我军已经给新四军造成了极大的威胁。"

"首尾不能相顾是兵家之大忌，新四军势必要解开这一死穴，打通交通线。我总感觉一场大战一触即发。"李本一说，"我们不得不防啊！"

"恩师言之有理。卧榻之侧岂容他人酣睡。"

李本一说："就他们的兵力和他们的一贯游击战术，打得赢就打，打不赢就走，我们尚不知新四军下一步的作战方案。"

"那我们就以静制动，以不变应万变。"

"那可不行，进攻是最好的防御。我们要积极部署，防止被动挨打。新四军不可能全面开花，他们一向擅长'围点打援'，在海，你猜猜看，他们可能先打哪里？"

胡在海往地图前凑了凑，指着梁园问："会不会是梁园？"

李本一摇摇头说："不会，驻防梁园的一七二师五一四团是精锐之师，他们曾三次击溃日寇的进攻。新四军喜欢捡软柿子捏，不会啃这块硬骨头。"

"那会不会是……"胡在海的手指在空中停顿几秒，指向古河，手指在地图上敲击几下，说，"古河？"

李本一摇摇头，笑道："我还真巴不得他们打古河呢。自去年5月，我军成立皖东指挥部，统一指挥七县军务，二十一集团军第七军副军长漆道微任总指挥并坐镇古河，新四军要攻打古河，必然牵一发而动全身。他们先前抛头颅洒热血，占领的周家岗、二胡冲杨，瞬间即可成为激烈的战场，胜利的果实将在炮火中化为乌有，整个皖东的局势将大为改变。"

"依恩师之见，新四军会选择哪里下手？"

李本一挠挠头，说："这还真不好说，共产党打仗从无章法。你说他是土八路吧，他打起仗来有模有样；你说他熟练运用兵法吧，他又跟你打游击战。唉，这些年我们吃亏不少啊。"

"他们习惯于从弱小者下手。"胡在海说，"这正像动物世界，老虎、狮子往往长时间潜伏在草丛里，耐心地观察，然后出其不意凶猛猎杀老弱病残。"

李本一突然问："在海，你说什么是政治？什么是军事？"

胡在海丈二和尚摸不着头脑，他不知道长官为什么问这个问题。

"说吧。答错没关系。"

"什么叫政治，政治是……什么……"胡在海想了半天，干脆说，"我是个军人，不关心政治，当然也不知道什么叫政治。"

"啊？！那你说，什么叫军事？"

"军事？"胡在海毕竟读过几年军校，回答起来倒也不十分费力，"军事，就是与军队或战争有关的事。教科书上说，军事就是军队事务，是与一个国家及政权的国防之武装力量有关的学问……"

李本一笑着打断他的话，说："背得滚瓜烂熟啊。你知道毛泽东是怎么解释政治和军事的？"

"毛泽东？"胡在海被这个词击中了。这个人是他和他同僚们最熟悉最痛恨也最无可奈何的人。

"在延安，毛泽东在机关食堂排队打饭——他们官兵一致，这是我们永远学不会也不会学的，嘿嘿。毛泽东问一位姓胡的组织部长：'小胡啊，什么是政治？'小胡干瞪眼答不上，回到窑洞翻了很多书：马克思的列宁的，又是做笔记又是打草稿，再到食堂相遇时，小胡高兴地对毛泽东说：'主席，我找到答案了。'说完滔滔不绝地论述。毛泽东听了一会，打断他的话，说：'哪有那么复杂，政治就是把拥护我们的人搞得多多的，把反对我们的人搞得少少的……'"

胡在海不由得佩服起来，说："这个毛泽东，果然不凡啊。他总是把深奥的道理用最浅显的语言表达出来。1928年毛泽东率红军占领遂川后，逐字逐句地修改《施政大纲》，把'废除聘金聘礼，反对买卖婚姻'改成'讨老婆不要钱'；把'废除债务'改成'借了土豪的钱不要还'，你听，都是带烟火味的大白话，文盲也能听懂……"

李本一干咳了几声，示意胡在海："在海啊，你倒是毛泽东的忠实的崇拜者啊！不要忘了，他可是我们的头号敌人。"

胡在海尴尬地转移话题，请教道："嘿嘿，恩师，你还没说什么叫军事？"

李本一没再赘述，直截了当地说："毛泽东说：'什么叫军事？军事就是打得赢就打，打不赢就跑。'"

"没了？"胡在海似乎不相信。

"没了。"

"就这？"

"就这！"

两人相视片刻，齐声发出会心的大笑。两个国民党的军官私下里居然谈论起共产党的领袖，而且发自内心地敬佩，实在匪夷所思。

笑完之后，胡在海试探地问："恩师，关于长临河之行……"

李本一果断地做了一个制止的手势。

长临河之行，是桂军第七军副军长漆道微亲自指派胡在海作为特使秘密参加的，绕过了一七一师师长李本一。李本一混迹官场多年，其中的玄机焉能不知？漆道微只是副军长而不是军事主官，他断断不会也不敢私下与日军接触，何况还达成千载骂名的汉奸条约，至于漆道微幕后指使者是谁，为什么避开师部直接指定其下属的一位上校团长……老奸巨猾的李本一不会趟这个浑水。

李本一意味深长地说："我什么也不知道，你该干吗干吗。在海呀，人在江湖，有些事只能做不能说，有些话只能说不能做，多事之秋，你我各自安好吧！"

"恩师，我觉得……"胡在海还想解释什么。

"在海。"李本一微笑地拉起他的手，打消他心中的疑虑，"我丝毫不怀疑你对我的忠诚，只是不该知道的我也不想知道。"

墙上的自鸣钟响了。

李本一拿起桌上的军帽戴上，说："不早了，我该回师部了。"

胡在海挽留道："恩师，你我有些时日未见了，今晚喝几杯吧。我这里有几瓶包河高粱酒，据说是包公包大人的家酒，一醉方休不好吗？"

"在海，现在是非常时期，新四军随时会发动突然袭击。酒嘛，就先存着吧，希望有'会须一饮三百杯'的那一天。"

走到门前，李本一忽然转过身，以命令的口吻说：

"大战一触即发，你的团部即刻迁到大墅，严密监视新四军动向，不得有误！”

二

送走李本一后，胡在海的笑容还僵在脸上，他一屁股坐到椅子上，再也不想动弹了。胡在海额上青筋凸起，脑子一片嗡嗡声，像一群无头的苍蝇乱飞。奔波了一天，他的肚子也饿了，像一只蛤蟆呱呱乱叫。

但他不想动，每一个关节都如同上了锁。

勤务兵端着盘子进来：“团座，团座。”连叫几声，见团座没听见似的，便退了出去。

过了一会，马元悄悄推门进来，后面跟着勤务兵。

“团座。”

胡在海抬了抬眼皮，没出声。

“该吃晚饭了，你……”

胡在海向他摆了摆手。马元知道自己跟了多年的长官的脾气，轻叹一口气，他拉下窗帘，又给长官披上一件军上装，然后与勤务兵一起退出。

胡在海头脑昏沉，他托着下巴，不敢松手，仿佛一松手，头就会耷拉下来。

对于时局及目前的处境，胡在海一清二楚。李本一不愿听自己透露“长临河密约”的真相，出乎胡在海意料。李本一不听并不等于他不知道，他肯定是知道的，知道条约的内容，也知道谈判过程中的每一个细节。他之所以不听，可能是为了保护他自己，也可能是保护胡在海，也许二者兼而有之。这就是政治，毛泽东说的政治与桂系的政治不是一个概念。桂系的政治乃至整个国民党的政治就是争权夺利，尔虞我诈。

二十一集团军内部，分为桂派和湘派。桂派掌握实权，军、师、旅、团的部队长大部分是桂派，势力较大；湘派多数为幕僚和营级以下低级军官，势力较小。桂派的总司令即副官处长萧洁予、参谋长凌甫、办公厅主任向恺然，联合省政府的苏民、省党部委员杨绩荪等，组成小团体，他们的妻子和李品仙的妻子结成姐妹，与湘派你争我夺，其他外籍干部与桂派、湘派也矛盾重重。如副总司令张义纯，四十八军军长区寿行，均受到桂派、湘派排挤而被赶走……

此外还有桂系与皖系之间的矛盾，桂系与军统之间的矛盾……不明就里的人会看得眼花缭乱。

胡在海常联想到儿时在乡下捉螃蟹：盛放螃蟹的竹笼不需要加盖的，捉住了螃蟹扔进竹笼，不担心它们会爬走，一只螃蟹往上爬，总会被其他螃蟹用坚实的钳子一下咬住，竹笼里的螃蟹多了，你咬我，我咬你，谁也爬不出笼子。

桂系对安徽的控制，并非是桂系善战抗住了日寇，而是因为武汉失守后，安徽作为日寇进攻的通途作用已失，因此日寇在安徽收缩点线，减少守备兵力，除了平原地区和沿江沿淮交通线外，其余地区并不加以争夺，以免分散兵力。这一点从"立煌事变"中就可以看出。当年，日军第三师团第六十八联队四千余人，在桂系号称精锐主力的第七军、第四十八军和第三十九军共六万余人的防线中如入无人之境，仅用两周时间就直接攻陷了被桂系层层保护、号称"金城汤池"的安徽省临时省会，位于大别山深处的立煌县，烧杀抢掠两天后撤离。惨杀普通民众千余人，烧毁房屋万间，整个过程中，号称"钢七军"之称的桂系头号主力第七军始终未敢与日寇作战，可见桂系在安徽的存在对于日寇来说，是多么脆弱。

随着抗战相持阶段的到来，桂系面临的外部军事压力大大减轻，从而转向对内，力图将安徽打造成"广西第二"，即沿袭广西经验，把安徽建成与蒋介石抗衡的可靠基地。所谓"广西经验"，就是白崇禧倡导的"自治、自卫、自给"的"三自政策"。"自卫"即普遍组织民团，以加强军事实力；"自治"即实行区、乡（镇）保甲制度，以强化基层行政组织，控制地方；"自给"即开辟财源，满足军政开支，"三自政策"的核心是"自立"，假地方自给之名，实行广西自立之实。

桂系煞费苦心及不择手段的统治措施，使得安徽成了新桂系的世袭之地，从民国二十七年（1938）李宗仁兼安徽省政府主席、省保安司令至今七年，白崇禧等主政者的讲话、报告和电报中，总是把"桂"和"皖"连在一起，广西与安徽俨然成了桂系的自家可耕地。

试图独吞安徽的桂系翻脸与中共为敌，甚至置民族大义于不顾，不惜与日军达成默契，共同对付中共……

胡在海感到头重了，支撑的手发麻，他换了一只手托住腮帮。

三

白雾连着浩渺的碧波，天水一色，形成神话中的仙境。

晨曦中，一只渔船从雾的深处飘来，悄悄靠岸。

几个渔民装束的人从船上跳下，从他们矫健的步姿中不难看出他们曾受过不一般的训练。

"渔民"上岸，跨步站立两旁。

一个戴礼帽、穿西装的人低头出舱。他站到船头并不急于上岸。他缓缓转过身，摘下帽子，露出阴鸷的眼睛，眺望巢湖，只见一轮旭日正从迷雾中现身，湖面上波光粼粼，白鹭振翅，鱼儿在水里游着，风光这边独好。

他被眼前的美景迷住了。

一身皇协军装束的汪伪皖中清乡第一师第一团团长陈俊之早早就在湖岸等候，他急匆匆迎到湖边，铮亮的军靴几乎挨到湖水了。他弯着腰，笑脸相迎："铃木大佐阁下，请。"

被称作铃木的人，正是日军第六师团特使，大佐军衔。

"大佐，请下船，请上岸。"陈俊之再次发出邀请。他的腰弯的幅度更大，他既是在主子面前显示卑微，更是担心铃木的安全。新四军巢湖游击队活动越来越活跃，说不定哪丛芦苇、哪块岩石下就有一支枪瞄准着呢。如果铃木在他的防区有个闪失，他肩上那颗脑袋也难以保住。

铃木对陈俊之的话充耳不闻，在他的眼里，这些穿着黄皮被中国人称为"汉奸""二狗子"的人，连条狗都不如。

陈俊之把求助的眼光投向随行的军曹。

军曹用日语向铃木耳语几声，铃木如梦初醒似的，在军曹和陈俊之的搀扶下下了船，一头钻进湖埂上的小车。

四

长临河古镇位于巢湖之滨，镇西是巢湖北岸的圩区，东部是白马山、青阳山、方山一线山区，为大别山的逶迤余脉。古镇面湖而背山，"前有照，后有靠"，是一块风水宝地。古镇集市为丁字街，路面由一条条青石板筑成，石板上印着深深的车辙，因是水陆码头，地理位置独特而优越，车水马龙，熙熙者为利来，攘攘者为利往，甚为繁华。临街商铺林立，理发店、澡堂、饭馆、榨油厂、武馆……热闹非凡，醒目的要数烟膏店，每隔三五家就有一间店前摆着十盆八盆烟膏，这些在根据地和国统区都被严令禁止的商品，在长临河就像米店卖的米、酱油店卖的酱油一样，任客选购，甚至市场上少见的吗啡，也公开兜售。当地人都知道，违禁品能够公开化，背后是由陈俊之独资或参股在支持的。

赶早集的人络绎不绝，挤满了街道。铃木的车队在陈俊之的引导下，畅通无阻。

"让开，让开！"陈俊之站在汽车的踏板上，挥舞着手中的枪叫嚷，"闪一边去！"

人们见是陈俊之，像羊见到狼，纷纷躲闪。唯恐慢了半步，惹来杀身之祸。

陈俊之是广西柳州人，原是桂系低级军官，在一次与日寇作战中被俘。他贪生怕死，认为将来的中国必是日寇的天下，便向日寇摇尾乞怜，叛变投敌，后被委任为伪皇协军排长。别看他在日寇面前畏首畏尾，在老百姓面前却如狼似虎，为日寇抢粮、抓丁、征税、剿共……像狗一样尽心尽力，深得日寇赏识。对待手无寸铁的老百姓他心狠手毒，丧尽天良：抢劫、贩毒，无恶不作。一次长临河逢集，陈俊之见一后生长相俊俏，竟毫无理由地将其枪杀。

此次日寇与桂军在长临河的秘密谈判，就是陈俊之奉日寇高层之命牵线搭桥促成的。

陈俊之春风得意，抖尽威风，他心里明白，两对仇家能坐到一条板凳上，无论结果如何，他都能获利，在日寇这头，他功莫大焉，日寇早已没了抗战初期的实力和骄横，急需变对手为朋友，陈俊之立了头功。即使将来日寇战败，他在国民党军那头也立了一功，为自己留了条后路。

车队在众人敢怒不敢言的仇恨目光下耀武扬威招摇过市，直抵陈俊之的豪宅。

陈俊之的住宅原是一位淮军将领的私宅，徽派建筑，砖木结构，砖雕精细，木雕精致，青砖灰瓦，齐山飞檐，每栋房屋两边设有风火墙，建工考究。

跨过高大的门楼，经过四合院时，铃木停下了脚步。他的目光停留在两棵树上。这是两棵玉兰树，根深叶茂，比肩而立，树下的青苔爬满了屋棱和窗棂。

"好美！"铃木赞叹道，"我想起了家乡的樱花树。"

"啊，太君。"陈俊之见状，卖弄起来，"这两棵玉兰树可大有来头啊。"

"啊，说来听听。"铃木来了兴致。

"这座宅子的原主人姓吴，是淮军著名将领，因镇压太平天国和捻军起义有功，受到中堂大人李鸿章的赏赐，这两棵玉兰树就是李中堂赏赐的。在合肥一带，谁家种有广玉兰，就显示他家为国家立下了赫赫战功……"陈俊之眉飞色舞地说。

"等等。"铃木打断陈俊之的话，"你刚才所说的李鸿章，可是在引接寺被小山丰太郎击中的那位钦差大臣？"

"引接寺？小山丰太郎？"陈俊之似懂非懂。对于不学无术的陈俊之而言，那段历史，他也只是从说唱艺人那儿或道听途说中了解一二。

"《马关条约》的干活。"铃木说。

"啊，是的是的，《马关条约》的干活。"

陈俊之哪里知道，光绪二十年（1894）7月25日的成欢驿之战（中方称牙山战役）时，铃木的父亲在日寇第九混成旅服役。虽然那场战斗以日方胜利而终，他的父亲却葬身大海，陈俊之更不知道，那场战斗中牺牲的中方官兵，大部分是长临河人。

陈俊之无意中哪壶不开提哪壶，戳了铃木的伤疤。

铃木的脸上露出怨恨与鄙视，说："败军之将，何以言勇，何谈战功？"

陈俊之的脸上红一阵白一阵。

"你们中国人，真是不知羞耻。"铃木嚷道，"开路！"

陈俊之被打脸，却只能鞠躬："嗨依（是）！"

五

铃木踏进会议室时，胡在海已端坐在会议桌前，马元作为副官笔直地站在他的身后。

胡在海连夜从古河驱车赶到长临河，舟车劳顿，他却毫无倦意，天蒙蒙亮时赶到指定位置：陈俊之住宅。而彼时陈俊之已在巢湖的夜风中恭迎他的主人铃木大佐。

看到昔日的部下此时像一条狗似的被日寇呼来唤去，胡在海感到恶心，但他不好发作，毕竟在人家地盘上。

陈俊之倒也识趣，见到老长官，他快走几步上前敬礼："报告团座，卑职公务在身，未能远迎，望长官恕罪。"

胡在海打心眼里看不惯他这种做派，但此一时彼一时，陈俊之好歹也佩上校军衔，与自己平起平坐，于是故作大度地回礼说："陈团长不必多礼，你我曾经同事一场，不分彼此。"

铃木在一旁哼了两声。

陈俊之意识到冷淡了贵宾，连忙介绍："这位是大日本皇军第六师团特使铃木大佐。"

胡在海见对方官阶比自己高，主动敬礼："大佐阁下，在下胡在海，桂军第二十一集团军第七军一七一师一八四团团长。"

铃木面露不悦，说："你们的漆道微漆副军长呢？不是说好他来吗？"

"漆副军长临时有军务，抽不开身，特派我向大佐阁下解释，望阁下见谅。"其实漆道微为什么临时变卦，为什么由自己代表他赴约，胡在海不得而知，他只能用这些外交辞令。

陈俊之赔着笑，说："铃木太君，坐，请坐，请上坐！"

铃木没理会陈俊之的殷勤，他脱下白手套往桌子上一扔，气呼呼地说："你的，小小的上校，军衔太低。"

胡在海不卑不亢，怼了回去："大佐阁下，据我所知，贵军的军衔分三级九等，分别为将、佐、尉，大佐军衔相当于我军正团职，没有什么不对等。"

铃木十分气愤，在日本人的眼里，皇军理所当然高人一等，国民党军队当然低一级。

铃木理屈词穷，指着胡在海，嚷起来："你的……你的……"

"大佐阁下,我是来谈判的,不是来比官职大小的。"

胡在海所言不无道理,陈俊之连忙打着圆场:"铃木太君,谈正事要紧啊,请坐下吧。别误了皇军的大事啊!"

铃木气得胸口一鼓一鼓的。他想,大日本帝国今非昔比了,要是在七八年前,自己率一个联队就敢叫板国民党军队一个师甚至一个军。

陈俊之连哄带劝,把铃木按坐到座位上。

铃木自嘲道:"好了,我不和你计较,开始吧。"

谈判的过程并没有想象中的艰难,一切都顺理成章,"敌人的敌人就是朋友",在应对共产党和新四军上,双方有着太多的共识。

其实,桂系在抗战中的表现有可圈可点之处,但作为地方军阀,长期以来奉行着以符合自己利益为最高行为准则,并不是将国家利益放在自己利益之上。

早在 1929 年蒋桂战争期间,桂系与日本人就有交往,白崇禧只身赴港被蒋介石知悉,命令上海警备司令熊式辉封锁吴淞口,抓到后就地枪决。是日本人派军舰救了白崇禧。

桂系重新获得广西统治权,并与广东方面联合组成西南军政委员会后,尤其九一八事变后,桂系嘴上高喊抗日,但事实上与日方勾结得更加紧密,桂系希望从日本人那里获得军事和政治的援助,伺机推翻蒋介石,而日本也希望通过扶持地方军阀与蒋介石抗争,更从容地侵略中国。

1935 年至 1936 年，常住广州的李宗仁常与日本武官秘密来往，在土肥原贤二"游历"西南时，双方多次密谈。

1935 年初，日本军部派松井到香港与李宗仁的特使王乃昌和陈济棠的特使梁植槐密商，商定以两广脱离南京政府，以及广西钨矿出售日本为条件，换取日本武器销售。随即，双方履行协议，广西向日本出口钨矿，日本派两艘装满军火和水泥的船只驶入虎门，但被粤海关扣留，李宗仁命令海关放行，这批货物，计有步枪 5000 支，轻机枪数十挺，子弹百万发，还有大量炮弹，水泥，随后被运回广西。

两广事件失败后，迫于全国人民抗日的压力，桂系逐渐断了与日本的公开来往，但仍保留着一定的联系渠道，以至于在抗战中，日本始终将桂系列入有极大可能反蒋并参加汪精卫"和平运动"的势力。

陈俊之起立以中间人的身份宣布："请宣读协议文本。"

日寇军曹宣读：

"第一部分是互不侵犯，双方各自据守现有阵地，不得侵入对方防区，也不得袭击对方部队；

"第二部分是共同'防共'，包括双方交换新四军的情报，任何一方与新四军作战时，另一方有责任出兵相助。

"第三部分是物资交换，桂系供应日方棉、麻、花生、杂粮，日方供应食盐、燃料及其他用品，交换地点在合肥东乡长临河镇。"

陈俊之征求着意见："铃木太君，对这个文本你有何高见？"

铃木摇摇头，满意地说："很好，我没有意见。"

陈俊之望着胡在海，问："胡团座，你呢？"

胡在海说："文本内容，双方长官已有交代，没有什么大的修改，我提一点意见，长临河镇虽说交通便利，但在物资运输上是舍近求远，也不利于保密，我建议把物资交换的地点，由长临河镇改为双方交界处。这样交换更加便捷、安全。"

铃木点头道："同意，改过来。"

军曹迅速做了改动，然后把文本恭敬地呈给铃木。

铃木接过，抓过笔，签上字后，递给胡在海。

胡在海接过文本，也接过了笔，欲签时，感觉脚被马元轻轻踢了一下，他一个激灵，笔抖了一下。他以为马元不小心碰到自己，并没在意，再次握紧笔。就在笔触到纸面时，胡在海又被马元踢了一脚，这次不是轻轻踢，准确说是踩。

胡在海生气地回过头。

马元向他摇头示意。

胡在海恍然大悟，他将文本叠起，说："这个文本我要带回去，让长官审阅后，才能签字。"

"你……"铃木气恼地站起来。

"大佐阁下。"胡在海装作无可奈何的样子，回道，"在我们中国，官大一级压死人啊，我官阶低，这么大的事，如果擅自做主，上峰怪罪下来，我吃不了兜着走。"

铃木看出了胡在海的心思，骂道："浑蛋，你的，狡猾狡猾的。"

胡在海向铃木拱拱手："大佐阁下，人在官场，身不由己，得罪了得罪了，在下向你赔罪了。"

陈俊之见状，又来做和事佬。他劝劝胡在海，又劝劝铃木："胡团长，铃木太君，少安毋躁，今天能达成一致已属不易，和气生财，和气生财。"

铃木满肚子怒气，来中国快十年，与无数中国人打过交道，胡在海肚子里的小九九，他怎能看不出来：他是怕担下汉奸的罪名啊。那可是遭天怒人怨的啊。

陈俊之热情相邀，说："二位都是贵宾，快到中午了，我已在湖光山色预订了包厢，我们共进午餐，有什么话，我们边吃边聊。"

胡在海收拾着公文包，说："陈团长，你的美意胡某领了，不过眼下新四军已大军压境，我得抓紧赶回古河，以防不测，兄弟告辞。"说完，不等陈俊之和铃木反应过来，便匆匆离去。

"胡团座，胡……"陈俊之追到门口。

"别追了。"铃木不冷不热地说，"强扭的瓜不甜。"

陈俊之问："铃木太君，那你……"

铃木摸摸仁丹胡子，说："陈桑，不吃白不吃。"说完，大笑着向门口走去。

吉普车在山间公路上颠簸，扬起的灰土飘在半空，久久不散。

车里，胡在海用手帕擦着额头上的冷汗，心有余悸地对着马元说："幸亏你那两脚啊，把我从地狱踢了回来。"

马元不解地问："团座，我们为何不吃了饭再走？你看这一路十分荒凉，看不到一个饭铺。"

胡在海说："那个铃木是只老狐狸，还有那个陈俊之简直就是个混蛋，一个狐狸，一个混蛋，不知他们又会给我挖什么坑，还是三十六计走为上计，免得节外生枝。"

六

当……当……当……钟声悠扬地响起。

胡在海被钟声惊醒。法王寺的钟声每天早上五点半准时敲响，天快亮了。

法王寺内原有僧人 20 多位，诵经念佛，钟鼓齐鸣。可惜被日军的飞机一顿狂轰滥炸后，佛像身首异处，僧侣非死即伤，寺庙几近废墟。住持智善大师眼被炸瞎，右腿被炸残，但他不离寺庙，每天晨钟暮鼓，从不间断。

胡在海说不清自己这一夜是睡着了还是失眠了，似梦似醒。

法王寺钟声的余音在黎明的天空回荡。胡在海从内心敬佩智善大师，寺没了，眼瞎了，腿残了，但心中的佛永在。

从长临河回来，胡在海常出现这种状态。那天，如果不是马元的及时提醒，自己可能成为像秦桧、汪精卫那样的叛逆而遗臭万年。

胡在海想不到桂系第七军副军长漆道微没有如约赶赴长临河，把这口黑锅甩给了自己，暗地里派特使伍焕蒿跑到汪伪政权安徽省政府所在地——蚌埠，与省长林柏生密谈。

林柏生曾是汪精卫的秘书，民国二十九年（1940）任汪伪国民政府行政院宣传部长，不遗余力进行卖国宣传，推行奴化教育。他抱紧了日本人的大腿，对同胞却磨刀霍霍，压制内部舆论，为侵略者摇旗呐喊，甚至在辖区内推行鸦片种植，满足一己私利。他自诩为文人雅士，其实奴颜媚骨，为了飞黄腾达，竟然认仅比自己大十一岁的陈璧君为干妈。

林柏生自知日寇的崩溃为期不远，自己的命运危在旦夕，他自嘲只要走出蚌埠五千米就有做新四军俘虏的可能。伍焕蒿的到来，让他宛如在汪洋中见到一根救命稻草，他想国共两党血海深仇水火不相容，为了对付日寇才"兄弟阋于墙，外御其侮"，一旦共同的敌人消失了，两党必将争夺执政权，他毫不怀疑国民党最终会取得统治权。

伍焕蒿的到来让林柏生大喜过望。关于与桂军联手对付新四军一事双方一拍即合。林柏生提出：在津浦路南段（北起蚌埠南到浦口）全面清剿，并分为两个清剿区，铁路以东由林柏生的部队负责，铁路以南由桂系部队负责，待布置妥当后，同时发起进攻，使新四军首尾不能相顾，一鼓作气歼灭之；关于进攻时间，林柏生觉得驻扎在这一线上的伪军部队战斗力太弱，他将调吴化文部前来接防。

林柏生恳求伍焕蒿从中斡旋，面见漆道微。伍焕蒿答应了，并建议会面地点设在全椒县城，以视察军务为由，双方同时到达全椒。

令胡在海想不到的是，谈判结束后，日方代表铃木根本没有离开长临河，他像一条鲲鱼，当感觉到有危险时就静静地伏在水底淤泥中。

湖光山色客栈坐落在巢湖岸边，是一幢建于清末的徽派建筑。从外面看，层层跌落的马头墙高出屋脊，中间高两头低，半藏半露在参天柳树之间。这本是一位淮军将领的私宅，陈俊之将落魄的主人扫地出门，改造成为集住宿、赌博、饮食于一体的高端场所，专供接待贵宾和自己享受。

最高的一层阁楼上，铃木端着高脚酒杯，一边品酒，一边欣赏风光，巢湖风光尽收眼底。碧波荡漾的湖面上，一群水鸟在波峰浪谷间振翅翱翔，与渔家风帆共舞。远处的姥山像一个慈祥的老人，静静伫立，翘首盼游子归来。

一阵湖风吹来，铃木轻咳两声。

军曹过来正要关上窗户，被铃木叫住："不用关了。"

"大佐阁下，我是为你的健康着想。"

"我很健康。"铃木一口饮下杯中酒，说，"不要错失了这迷人的风景。"

军曹只好把关了一半的窗子再次打开。

铃木一口喝光杯中酒，往远方一指，问："你可知那是什么山？"

军曹往湖岸望去，一座苍翠的高山矗立在湖边，奇特的是山顶有四座峰峦一字排开，比肩而立，各不相让，像四个互相不服气的汉子，在云雾中若隐若现。

铃木敏锐地捕捉到门外的轻微动静，他动若闪电，唰地抽出军刀，指向门口，呵斥道："什么的干活？"

军曹也掏出枪，顶上火。

"别、别，铃木太君，是我、是我。"陈俊之一副惊恐地表情出现在门前，"千万别开枪，我是陈俊之啊。"

铃木收起刀，不悦地问："为什么不喊报告？"

陈俊之的腿肚子在抖，他以袖子揩着额头的汗，解释道："这不是还没来得及喊，你就……铃木太君，你不愧为大日本帝国的精英，反应太快了。"

"陈桑。"铃木又恢复了笑容，"你来得正好，你看，那座山是不是叫四顶山？"

陈俊之瞅了一眼，点头道："是啊，是叫四顶山。"

铃木摇头晃脑地吟诵：

胜景天然别，精神入画图。

一山分四顶，三面瞰平湖。

过夏僧无热，凌冬草不枯。

游人来至此，愿剃发和须。

"好诗好诗。"陈俊之谄媚地拍着马屁，"铃木太君，你的诗太美了，好诗好诗。"

铃木笑道："陈桑，你们中国有句话，叫'不读书，不如猪'，你就是一个不读书的人。"

军曹扑哧笑出声。

陈俊之不以为耻，反附和着笑。

"这几天闲着没事，找了本《长临河方志》，这是唐朝的诗人罗隐写的，我喜欢就背了下来。"他像想起来什么似的，"对了，陈桑，你来这有要紧的事吗？"

"没有没有，我来看看你还需要些什么？"陈俊之嘴上这么说，心里却像猫抓一样。一个日军大佐，住在自己防区，这个消息要是传了出去，新四军找上门来，这个后果可承担不起啊。可铃木倒好，优哉游哉地待了一周，还没有走的迹象。

"铃木太君，在这里还……还习惯吧？"陈俊之挤出笑容。

"很好！"铃木走到窗边欣赏道，"这八百里巢湖风光，多像我的家乡北海道的洞爷湖，美不胜收啊！"

"那就好，你喜欢就好。"

铃木沉浸在回味中，眯着眼说："挂面圆子、泥鳅煮挂面、糯米粑粑、米虾蒸鸡蛋……味道太好了，太美了。"

陈俊之心里像燃起火，还得装出若无其事的样子："那就好，那就好，你是贵客，就多住几天。"

铃木话锋一转："梁园虽好，终非久留之地，千里长席，终有一别啊。"

陈俊之听闻，马上开心起来，呼道："铃木太君，你要返回了？！"

铃木说："该走了，我想新四军注意力该放松了。"

陈俊之肉麻地吹捧道："高，实在是高，啥时走，我给你准备船去。"

"不不。"铃木摇了摇手，"我们来时走的是水路，这么久了，不可能不走漏风声，新四军的水上游击队说不定正张着网四下寻我呢。"

"哦，那……太君。"陈俊之和军曹都望着铃木，"你的意思是……"

铃木不紧不慢地倒了一杯酒，仰头喝干，说："走陆路。"

"走陆路？！"两人张开口，你望望我，我望望你，以为听错了。

"是的，走陆路！"铃木利落地说，语气十分坚定。

陈俊之心想：管你走什么路，只要这尊神离开长临河就谢天谢地了。他伸出拇指："铃木太君，这叫出其不意，攻其不备，你真是高啊。艺高人胆大，我这就去给你准备老百姓的衣服。"

"不。"铃木坚定地拒绝，"我要骑着马，大摇大摆地返回南京。"

"啊……"

陈俊之死心塌地做着日本人的鹰犬，抗战胜利后，摇身一变又成了国民党的巢湖水上公安总队总队长，继续与人民为敌。新中国成立后，陈俊之携带大量金银财宝只身逃往台湾，不料途中被劫，到台湾后身无分文，靠当水手谋生，生活凄惨，2000年病死。

第五章

一

这是一处竹篱围成的农家小院。

院门口，警卫员小王像一尊门神纹丝不动地站岗。

穿过小院子，便是五旅作战室。

成军在作战室里已有数个小时。他嘱咐警卫员小王，谁也不许打扰。五旅从上到下都知道他的这一特点：每当大战将至，他都要独自静静地思考。

室内烟雾弥漫，烟蒂遍地都是。自从新四军二师供给部生产出这种香烟，成军立马就喜欢上了。即便是战场上缴获的"老刀"牌日本烟，他也不屑一顾了。

但此时，他的兴奋点不在香烟，而在目光一刻也不曾离开过的沙盘。

沙盘摆在屋子正中间，沙盘上，村庄、河流、道路、山冈……标注得一清二楚。插红旗的是新四军，插黑旗的是桂军，插黄旗的是日伪军地盘，彩旗飘飘，犬牙交错，一般人会眼花缭乱。

其实对于皖东他已经了如指掌，闭着眼睛也能如数家珍。自奉命从大别山东麓跨越淮南铁路线深入皖敌后游击区已近六年，经历了大大小小数不清的战斗，在枪林弹雨中摸爬滚打，打出来一片天地，他是这块抗日根据地的创建者之一。

眼下的这场战斗显然不同凡响，光从出动兵力看，就是战役级，堪比黄桥决战。

政委赵明端着一只搪瓷缸在门前被警卫员小王拦住。

"对不起，政委，旅长有令，没有他的命令，任何人不准进。"

赵明还没回答，他的警卫员小刘气不打一处来，说："怎么说话的？这是赵政委，不认识吗？"

"认识。"小王说。

"认识还不进去通报？"

"这……"小王为难了。

"这什么这？"小刘发火了，"欠揍啊，新兵蛋子。"

赵明示意了一下手中的饭盒，说："小王，忠于职守是对的，应该表扬，可旅长得吃饭啊，警卫员也得为旅长的身体负责啊。"

小王皱着眉头，为难道："政委，我……我……"

赵明说："放心吧，旅长那里我去说，快去通报。"

小王无奈，跑步来到作战室门前："报告！"

里面没有反应。

赵明喊道："老成，是我，赵明。"

门开了，一股浓烟扑面而来，赵明干咳两声，惊叫道："老成，里面失火了？你抽了多少烟？"

成军惊喜地叫道："哎呀，我的大政委，我正想到你，你就到了，快，快进屋。"

小王见旅长并没有责备自己，如释重负。小刘向他挤挤眼，两人笑着击掌。

进了作战室，赵明把饭盒递给成军，说："天大的事，吃过饭再说。

"你的警卫员小王，遵照你的命令，守在门口，炊事班长老马送了两次饭都被拒之门外。"

"嘿嘿。"成军三下五除二吃完，问，"什么东西这么好吃？"

"你呀，真是'猪八戒吃人参果，食而不知其味'。"赵明说，"这是当地特产糯米圆子。老马看你太辛苦，专门为你做的。"

成军不好意思地笑笑，把赵明拉到沙盘前，说："政委你看，'不是冤家不聚头'，我们和冤家又要在战场上见面了。"

"你说的是一七一师？哈哈，'老朋友'了。"成军笑道，"半年前的占鸡岗一战，它的五一二团几乎被我一口吞了。败军之将，何以言勇？"

"老伙计，老蒋对五一二团可是宠爱有加啊，仅仅半年，就给它补充了兵源满员的一个团。"

1944 年 11 月，驻扎在临淮关、合肥、蚌埠等地的日伪军突然集结，组成 8000 多人的"扫荡"队浩浩荡荡分成三路，向新四军所在的藕塘、张桥进发，所到之处，哀鸿遍野，惨不忍睹。

而桂军一七一师却选择助纣为虐，其麾下五一二团，跟在日伪军的后面，趁火打劫，捞油水。成军将部队化整为零，一部分兵力迂回至敌后方，以猛虎扑食之势消灭小股敌人，有时又在敌人必经之处埋地雷，把敌人炸得人仰马翻。敌人疲于奔命，自顾不暇，哪有心思"扫荡"？一周后悻悻收兵。

成军与赵明商定，以五旅十八团作为诱饵，将五一二团的四个营引来，集中另三个团将其围歼，地点就在占鸡岗。

这是个精明而又充满风险的决定，以三个主力团加一个地方团对付桂军四个营，兵力上无疑占了绝对优势，问题是除了十八团（其实只有两个营），其他都在 50 千米以外。

但成军相信部队的战斗作风。果然，一声令下，三个团日夜兼程，都在规定时间到达指定位置。

五一二团团长叫蒙培琼，刚从中央陆军学校高级培训班学习归来，被委以前线总指挥重任，统一指挥四个主力营作战。

这个蒙培琼被誉为"军中之星"，仕途得意，当即率部杀气腾腾地直奔新四军五旅旅部所在地占鸡岗，还不知天高地厚地原地立下军令状："一天之内攻克五旅旅部，活捉成军、赵明。"

不料，蒙培琼的五一二团一路受到新四军侦察队和地方武装的袭扰，走走停停，11月18日晚才到占鸡岗，三颗红色信号弹腾空而起，瞬间枪声大作，把桂军打得东倒西歪，随后千军万马从四面八方向占鸡岗包抄过来。战至天明，成军命令旅部骑兵出动。战士们骑着高头大马，挥舞闪闪马刀，旋风似的一阵砍杀。顽军四下逃散，跪地求饶。蒙培琼与残兵退入一座草房，成军劝降不成，让山炮连连长王贤余拉来唯一的山炮，在二百米处抵近射击，打出来唯一的炮弹，草房子瞬间成了火海，蒙培琼只得逃出草房，束手就擒。

成军气愤地说："这个老蒋，真不是个东西！五一二团团长蒙培琼被我俘虏后，亲口招供他军校毕业回部队前，老蒋接见他，并点拨他：'前线很复杂，我们的敌人有新四军也有日伪，如果有机会，两个目标一齐打，或者先打新四军。'"

赵明同样愤慨："这帮桂顽不讲良心啊。1940年，他们曾在古河驻防，日军一次'扫荡'就将他们赶到了山里。出于抗日友军的考虑，我第四支队主动与侵入古河的日军血战两天两夜，重新夺回了古河镇。不仅如此，我军还将桂顽请回古河镇完璧归赵，他们还得到了我军的粮草协助，才站稳脚跟。"

成军一拳捶在沙盘的木沿上，说："恩将仇报，他们不仅不知恩图报，到头来却向恩人背后捅刀子，成为日本人的鹰犬。这一次，我们决不手软！"

赵明指了指沙盘上王子城的标注，说："成旅长，你恐怕想不到吧，在这个圩子里，除了五一二团，还有一个朱正茂的'老朋友'。"

"我知道王华槿，朱正茂与他有杀妻之仇，不会饶过他的。"

"是牛登峰。"

"牛登峰？！"成军吃了一惊，"他不是在定远吗？怎么在王子城？"

"占鸡岗战斗结束后，你不是命令部队连续作战，一鼓作气拿下了界牌、周家岗、肖家圩吗？土顽被打跑了，牛登峰无路可逃，带着残兵败将，投奔了王华槿。"

成军对入侵的鬼子咬牙切齿，更对投靠日本人欺负老百姓的汉奸满腔怒火，恨不能食其肉寝其皮。1938 年夏，成军奉命率八团一营运动到合肥，他了解到东乡店埠镇有个"鬼蛮子"刘孟乙，横征暴敛，欺行霸市，欺男霸女，还公开与日本人勾搭。好几名抗日分子死在他的枪下，老百姓恨得咬牙切齿，民愤极大。成军详细侦察，分析敌情、民情和地理环境，指挥一营急行军 60 千米，犹如神兵天降，呼啦一下就把店埠镇包围得水泄不通。

成军手中的短枪一挥，城门的哨兵一声不响脑袋搬了家；又一挥短枪，战士们叠起人梯翻过又高又厚的城墙，一百多个"鬼李子"（即"二鬼子"）束手就擒。

战士们把刘孟乙从小老婆的被窝里拖到成军跟前，刘孟乙虚张声势："你们是哪一部分的？好大的胆子！"

成军指了指臂章，问："认得吗？"

刘孟乙大惊失色："啊，'四爷'！'四爷'饶命！"

"我饶得了你，无辜冤魂饶不了你。"手起枪响，刘孟乙哼了一声栽在地上。

从此，"四爷"名声大震，老百姓拍手叫好，土豪劣绅惶惶不安。

成军伸手拔下写有"王子城"的黑旗，一折两段，说："这次，我们瓮中捉鳖，一锅端！"

"我旅这次担任主攻任务，压力不小啊！"赵明说。

成军问："部队情绪如何？"

"战士们士气高涨，嗷嗷叫！"

成军掏出一支"飞马"香烟，掏出火柴，却不点燃，任凭火柴燃尽，扔掉，发出作战指示："命令部队，按照作战计划，即刻从岗王、安子集、得胜集等各防区向王子城运动，另外，旅部前移。"

"移到哪？"

成军的手指在沙盘上的一个位置停住，说："就到这！"

赵明瞅了瞅，有点意外，问："响导铺？是不是太近了？那里在八斗岭，王子城炮火射程之内，太危险了。"

"老伙计，我们搭档有八年了吧，哪天不危险？哪次又怕过危险？"成军又划了根火柴，点燃香烟，说，"靠前指挥，听到战士的杀声，看到战士的身影，我才踏实！"

二

突击团的团部此时驻扎在一个叫鲁大桥的村子里。

刘岗河是滁河的一条支流，宽不过 10 米。河上有座石板桥，桥面全用大青石条铺成，当地人称之为鲁大桥。相传此桥距今有 300 年历史，是贯通南北的交通要道，南到柘皋巢县、北到定远凤阳的商户车水马龙，往来穿梭，青石板上留下深深的辙印。

王战从野战指挥部返回团部时，宋春政委、参谋长、政治部主任及营连长已在团部等待多时，见了他，纷纷打听：

"团长，带什么任务回来了？"

"团长，我们营这次该打主攻了！"

"团长，我们憋了很久了，受'广西猴子'的气该出一出了。"

……

王战看到大家热情饱满，求"战"若渴，很受感动，他说：

"大家都在啊。别着急，仗肯定要打，而且是一场恶仗！"

宋春给王战倒了一碗水说："团长，别卖关子了，快说说我们团的任务。"

王战接过碗，咕噜咕噜喝了几口，他揩了揩嘴，说："同志们，指挥部首长说了，我们团是好钢，好钢要用在刀刃上，我们的任务是密切注意敌人的动向，特别是桂顽一八四团。该团团长胡在海，我是了解的，他性格有多样性，摇摆不定，有时标榜自己是军人，不惜一战；有时又投机取巧，见利忘义。他团部在古河，兵力布置在程家市、大墅、西王镇一带，我们切不可掉以轻心。各营的作战命令很快会下达，你们抓紧构筑工事，做好战斗准备，以不变应万变。"

这时，江大水急急忙忙过来，明显有情况汇报，但看到这么多人，欲言又止。

宋政委见状，把手一挥，说："各营分头落实去吧。"

待众人散去，王战问江大水："大水，有情况？"

江大水擦着汗，又端起碗，把王战没喝完的水喝干，说："团长，侦察员报告，铃木今天下午在尾赵村出现过。"

"啊？"王战非常吃惊，"他怎么会在尾赵村？他不是回南京了吗？"

"这小子给我们玩了障眼法。"江大水愤愤地说，"真是一只老狐狸。"

"现在情况怎么样？"王战着急地问。事出反常必有妖，铃木既然现身，总会留下痕迹。

江大水用低缓的语气说："铃木冒充我新四军干部，在尾赵村被村民张长有张大爷识破，铃木开枪杀死了张大爷，还有……"

"还有什么？快说！"

"浮槎山游击队队长吴满山在尾赵村被桂顽一八四团侦缉逮捕，已押往大墅。"

"怎么会这样？"王战的眼珠充血了，他怒吼道，"吴满山怎么会出现在尾赵村？一八四团为什么也在尾赵村？铃木呢？铃木抓到了吗？他身上可有重要的机密文件？"

"铃木，他……"江大水不敢看团长的眼，小声地说，"跑了。"

三

一条浅浅的河道，将尾赵村与全椒县隔开。

天空一会阴一会晴。一场细雨后，空气显得有些阴冷，衔泥的燕子在田野与农家之间往返，草木从容而自由地伸展着枝叶。

"正月嗑瓜子，二月放鹞子，三月上坟抬轿子，四月种田下秧田。"田间地头三三两两的农人或叱牛耕地，或麦间锄草，一片平和，全然没有战争的迹象。

两匹快马从远方奔腾而来，骑在马上的是两个新四军装束的人，新军装的领口和袖口露出白色的衬衣。

临近村庄，骑马的人勒住了马，让马踏着碎步。

这两人正是日军特使铃木大佐和他的随从。他们换上新四军的服装，由陈俊之护送过占领区，在根据地一路畅通无阻。

"好美啊！"铃木坐在马上，环顾乡村风光，不由得吟诵：

故人具鸡黍，邀我至田家。

绿树村边合，青山郭外斜。

开轩面场圃，把酒话桑麻。

待到重阳日，还来就菊花。

军曹想恭维一下他："大佐阁下……"

铃木严厉地阻止道："小鬼，你忘了纪律吗？"

军曹想起此时的身份，如果稍有不谨慎，露了马脚，暴露了身份，将可能给自己带来杀身之祸。军曹连忙改口道："林主任，我们已经连续行军几个小时，再说，我们的马也该吃点东西了。"

铃木手搭凉棚，见村口有一户人家，绿树掩映的屋顶升着袅袅炊烟，单门独户，又紧挨村路，便说："去那家看看。"说完，掉转马头走过去。

在乡下，干活的村民作息没个准头，有的收工回家吃饭，有的吃过饭又向农田走去。

铃木主动与一个牵牛的老汉打着招呼："大伯，吃了吗？"

大伯客气地回应："吃了，新四军同志，你辛苦！"新四军的队伍在根据地里进进出出，这支队伍纪律严明，从不骚扰百姓，也不强买强卖，借村民的东西及时送还。有一次一个战士打碎了房东的一只瓦罐，要赔，房东坚辞不让，战士便不再坚持。谁知，部队开拔三十多米后，连长得知了，硬是让战士在排长的陪同下返回房东家，按价赔偿，还赔礼道歉。

铃木拦住一个挑秧的农妇，夺下担子挑在肩上。

"哎呀，首长，使不得使不得。"农妇感动不已，"看上去你是个官吧？哪能劳烦你啊！"

铃木挑起担子，快走两步，说："大嫂，我们是一家人啊。

你就别客气了。"

"一家人，一家人。新四军真的好，把我们老百姓当亲人。"大嫂说，"听你口音，不是本地人吧？"

"大嫂，我家可远啦。"

"兵荒马乱的，你娘还不想死你呀。"

铃木的心被戳痛了，他想起了年迈的母亲和年幼的妹妹，他岔开话题，问："大嫂，前面那户人家风水不错啊！"

"你还会看风水？"

"我不懂风水，瞎说说。谁家住到这块福地？"

"老张家，张长有，是有福气。女婿也是当兵的，还是个大官。"农妇快人快语，"听讲是个团长。"

铃木的心咯噔一下，难怪这里的环境这么眼熟。

"怎么，你认得？"农妇看出了铃木脸上的反应。

"不不，我第一次来。"铃木把担子交给农妇，说，"大嫂，你忙吧，我该赶路了。"

农妇一边道谢，一边走向农田。

铃木打量着眼前这户农家，似曾相识，他记忆的细胞快速旋转，想起来了，就是这家，他来过。那时他是日军第十二混成旅团的一名少佐，得到密报前来抓捕新四军的一个负伤排长。往事浮上心头，六年前的那一幕幕仿佛就在眼前——

铃木记得那是个萧瑟的秋天。大槐树抖索地向空中张着干枯的枝丫，院子里落了一层厚厚的枯叶。

由陈俊之和一群汉奸的带路，日本兵闯进尾赵村，烧杀抢掠，无恶不作。

一个日本兵举着火把点燃了房子，几个被烧成火球的村民哭喊着逃出门，被日本兵刺死。

又一个日本兵凶残地夺过年轻母亲怀里的孩子，摔在地上，孩子撕心裂肺地啼哭，年轻母亲呼天抢地地扑向孩子，被日寇抱起，淫笑着走进屋内。

尾赵村成了人间地狱。

伪皇协军排长陈俊之一脚踹开竹编的院门，将铃木引到屋门前，陈俊之笨重的牛皮靴猛蹬木门时，门被死死地抵住。陈俊之接着踹，门在摇晃，墙在摇晃，整个房子都在摇晃。

一对父女惊恐的声音从门口传来。

"槐花，快，从后窗走。"

陈俊之说："张老头，别白费劲了，你们被包围了，后门也有皇军。"

铃木、陈俊之一齐用力踹门，门板连同门框一起倒下。

张长有干瘦的身子死命护着惊慌失措的张槐花，冲着闯进来的人大骂："强盗！土匪！"

陈俊之用手枪抵着张长有的脑门，皮笑肉不笑地说："死老头，让你骂，说，新四军藏哪儿去了？"

张槐花从身后冲到前头，护着父亲，为了父亲不受或少受痛苦，她弱小的身子爆发出无畏的力量，手捶、脚踢、肘捣，使出浑身解数。陈俊之躲不开又打不得，急得哇哇叫。

"哟西，花姑娘的。"铃木初见张槐花，眼光发直，愣了片刻才缓过神来，兽性大发。铃木把陈俊之扒拉到一边，说："花姑娘，大大的好。你的让开，我的享受。"

陈俊之顺水推舟，知趣地让开，说："太君，你慢用。"

张槐花知道大事不好，恐惧地往后退。

铃木把刀扔给陈俊之，又解下了皮带。

张长有奋不顾身把女儿往身后拉。

"八嘎！"铃木飞起一脚，踢中张长有腹部。张长有惨叫一声，倒在地上。

铃木扑上去，把张槐花压在桌子上。

"畜生！"张槐花手脚并用，又踢又打，"你不得好死！"

这时，紧急集合号响起来了，院子里的鬼子向着号声响起的地方撤退了。

陈俊之揉着被槐花打痛的胳膊，劝说："铃木太君，集合了。"

"八嘎！"坏了自己的好事，铃木很恼火，他一把推开陈俊之，"你的良心坏了。"

"太君，皇军军令如山，违抗者，死啦死啦的。"

紧急集合号再度响起，铃木望着槐花，咽着口水。

陈俊之献计道："太君，不如把槐花姑娘带回城里，慢慢享用。"

铃木觉得这个主意不错，便停止了侵犯。

张长有正在院子里劈柴，见到新四军干部模样的铃木，直起身问道："你们是……？"

铃木面带笑容，说："老乡，我们是新四军巢湖支队的，到师部汇报工作。"

张长有热情地招呼："哎呀，同志，稀客啊！还没吃饭吧？"

铃木的肚子发出咕咕的响声，说："还没呢。"

"我给你们做饭去。"

铃木假意推让说："老乡，我们有纪律，不拿群众一针一线。"

"见外了是吧？"张长有说，"我们可是一家人，到家了，能不吃饭？"

"那我们就不客气了。"两人说着，将两匹马拴到院子里的槐树上，它高高大大，不费劲就吃到高处的树叶。

张长有赞道："好壮的牲口！"便钻进厨房做饭去了。

铃木一眼认出了张长有。

此时的铃木经过连年的征战、纵欲，皱纹爬满了额头和脸颊，刮去了仁丹胡，穿着新四军军装，张长有哪里会把他与铃木联系起来？

铃木把戏演得很足，他支使军曹挑水，自己拾起扫帚，打扫院子，忙得不亦乐乎。

不大一会，张长有端了一锅饭出来，还把平时舍不得吃的张集贡鹅斩成一盘，端到石桌上。

"同志，吃饭吧。乡下没啥好吃的，将就吃吧。"

铃木和军曹早已饥肠辘辘，一屁股坐到石凳上，狼吞虎咽。

"慢点吃慢点吃，看把你们饿的。我去给你们烧个汤。"

当张长有端着一盘鸡蛋汤回到院子时，只见铃木抓起一只鹅腿，啃得津津有味，饥饿兼美味使得他顾不上吃相。石凳上杯盘狼藉，因吃得太快，铃木感觉太热，便取下了帽子当扇子。枪和公文包胡乱放在石桌上。

张长有感觉哪里不对劲，再望望铃木，似乎在哪里见过，却怎么也想不起来。

而当张长有端着汤靠近时，铃木本能地快速抓起枪和公文包，军曹的手不由自主地按在腰际的枪套上。

张长有顿时生疑。

这时，村外突然响起枪声……

开枪的是马元，桂军一百八十四团侦缉队队长。

一八四团团部迁到大墅镇后，胡在海派出几股侦缉队，渗透到古城、马湖、黄疃等地侦察。他们化装成新四军或老百姓，昼伏夜出，明察暗访，了解新四军的一举一动。马元不仅侦察到新四军几个团级单元的频频调防，还看到各个村庄民兵、妇救会、儿童团都被发动起来，做军鞋、制干粮、扎担架……干得热火朝天。

马元急于将搜集到的情报送回团部，带着几个人正急匆匆赶往大墅，迎面走来的这个人让他改变了主意。此人三十上下，板寸头，浓眉大眼，英气逼人，上穿黑色褂子，腰插一支驳壳枪，腿明显残疾了，一跛一跛地行走在乡间小路上。

马元感到面熟，瞅了他几眼。

那人装作没在意，但走路的速度加快了，跛得更加严重。

望着他的背影，马元猛然想起一个人——吴满山！那个背影马元终生难忘，因为打死新四军战士，他平生第一次荣立战功。

那一次，他追得好苦，吴满山像一只兔子，又像一头猛牛，在前面狂奔，马元在后面穷追不舍，追到浮槎山顶，吴满山走投无路，纵身跳下悬崖……

"他没死？！"马元心中嘀咕。对吴满山的死，他起初就有疑惑，他亲眼看见吴满山像一只鹰扑向半空，落下去，却没有找到尸体。但立功心切，他掩盖了活没见人、死没见尸的事实，用一具战死的新四军战士的尸体代替了吴满山……

马元悄悄地在吴满山身后，不远不近地跟着。

马元判断得没错，他正是吴满山，浮槎山游击队队长。

那年，他遵母命去张家提亲，在与桂军对话中，判断出屋子里有位新四军伤员冒充自己。他急中生智，承认自己是新四军，转身就跑，把桂军引开……

桂军紧追不舍，如果不是马元要抓活的，十个手无寸铁的吴满山也会死于乱枪之下。

吴满山想，决不能让桂军活捉，如果落到他们手里，屋子里的新四军伤员就可能暴露，供自己走的只有两条路：一条是逃走，一条是死亡。

吴满山被逼上浮槎山崖，对着步步逼近的桂军轻蔑地一笑，毅然决然凌空一跃……

所幸，悬崖上的一棵松树挡了他一下，落地时，他只是摔断了一条腿……伤好后，他参加了浮槎山游击队，几年的锻炼让他成了这支革命队伍的指挥员。

吴满山到尾赵村是执行任务的。他的"箩窝媳妇"张槐花嫁给了后来成为桂军团长的胡在海，而他的"箩窝亲"岳父张长有自然成了胡在海的岳父。不过，张长有是个有原则有良心的中国人，一向反对女婿攻击新四军。张长有的家其实也是游击队的秘密交通点，这次，他要通过张长有了解一些胡在海所在部队的动向。

冤家路窄，他遇到了马元。

他一眼认出马元！

但他不动声色，佯装不认识。他加快步子，要甩掉马元，他虽然有腿疾，但长期的山区生活锻炼出一副强健的体魄，他依然行走如飞。

马元一伙累得气喘如牛，被越甩越远。

马元手下长着马猴脸的队员恼怒了，拔枪就打。吴满山似乎脑后长眼，只见他一个鹞子翻身，半空中抽枪在手，一枪击中那个队员。"哎呀！"那个队员栽倒在地。

马元踢了他一脚，骂道："笨蛋，谁让你开枪的？快追！"

枪声惊动了铃木，他拔腿就向马匹走去。

张长有更加怀疑了：新四军吃老百姓的东西从来都付钱……他追上去叫道："同志，喝点汤再走吧。"

铃木不理他，解开拴在树上的马。

张长有发现地上有两坨马粪，马粪里居然有玉米粒，张长有想：新四军条件艰苦，吃饭都有困难，怎么会用玉米喂马？难道他们是……

枪声更近了。

军曹利索地爬上马背，铃木的一只脚伸进了马镫，另一只脚却迈不动，原来被张长有抱住了。

"八嘎！"铃木骂道。

"鬼子？小鬼子！"张长有奋力高呼，"来人啊，抓鬼子啊！"

军曹骑着马，原地转了两圈，催促道："大佐，再不走来不及了。"

铃木感到身子像坠上了一块巨石，动弹不得。军曹的话让他感到危机正像山一样压来。他抽出枪，对准张长有脑门扣动了扳机。

"抓……鬼子！"血从张长有脸上流下来，但他用力抓住铃木的腰带不松手。

铃木气得哇哇大叫。张长有站立不稳，但仍不松手。军曹已经冲出院门，他看到了吴满山持枪跑来，本能地开了枪。

吴满山躲到一棵树下，子弹射向了身后的马元，啪地打在马元的脚下。

"趴下！"马元忙喊，"快趴下，有埋伏！"

侦缉队员东躲西藏，胡乱开枪。

军曹慌了，叫道："大佐，新四军包围上来了。"说完，策马向村外跑去，一边跑，一边喊道，"大佐，快撤！"

听到激烈的枪响，铃木猛地蹿上马背，大洋马长嘶一声，拖着张长有冲出院门。

张长有再也没有力气了，他倒下了，手里抱着公文包。

铃木发现公文包不见了，正要弯腰从张长有手里夺走，一颗子弹擦着他的手背，他顾不得这些了，掉转马头，夺路而逃。

"张叔！"吴满山不顾一切地扑向张长有。

"吴队长。"头顶的流血已让张长有面目全非，他的嘴里仍在咕咕往外冒血，他艰难地将公文包塞给吴满山，"鬼、鬼子的……"说完，头一歪，倒在吴满山怀里。

马元一伙小心翼翼地摸进小院时，张长有躺在石凳上，吴满山正拧着毛巾擦洗他脸上的血。

"不准动！"几支枪同时指向吴满山。

马元扬扬得意地说:"吴满山,新四军浮槎山游击队队长,我们又见面了。"

吴满山并没停止擦洗。

"马猴脸"用枪捣了一下吴满山,嚷道:"你聋了?没听见马队长说话?"

吴满山依然没有理会。

马元一抱拳,不无得意地说:"我得谢谢你,六年前你让我立了一功,这一次你又该让我立功了。我俩真有缘啊!"

吴满山反唇相讥,说:"那得恭喜你了。"

马元围着吴满山转了一圈,把枪一举,说:"还愣着干吗?搜!"

"马猴脸"抖抖索索地把吴满山浑身上下搜了个遍,除了一支驳壳枪,什么也没有。

马元拿过驳壳枪,拆开弹匣,是个空匣,他冲着"马猴脸"又是一声吼:"继续搜!"

"马猴脸"带着几个队员弓着腰,进了屋子,不大工夫,"马猴脸"出来了:"报告,发现一只包。"

马元接过,打开铜制纽扣,里面空空如也。他将包在吴满山面前扬了扬,问:"吴队长,怎么解释?"

"你眼睛长屁股上了!"吴满山终于爆发了,张长有的牺牲,使他十分悲痛。这些年,张长有没少帮过游击队,何况,如果不是意外,或许他早就是自己的岳父了。

"你、你……"马元始料未及,连退几步。

"这是日本人的公文包,上面还有洋码子,张叔就是给这帮日本畜生杀死的!"

马元的眼珠急剧转动,他像自言自语,又像说给每个人听:"日本人杀了他,谁信啊?"他指指"马猴脸","你信吗?"

"马猴脸"不知队长葫芦里卖的什么药,点点头,又摇摇头。

马元凶巴巴地喊道:"他是被新四军浮槎山游击队队长吴满山杀死的,听明白了吗?"

"马猴脸"悟出来了,马元用吴满山顶包,再把吴满山押回去,那可是一件大功啊,大家也跟着沾光。于是他喜上眉梢,说:"对,对对,是新四军杀的,我可是亲眼看见了。"

"回答得很好,总算开窍了!"马元拍了拍"马猴脸"的脑袋,指头又指向一个队员,"你呢?"

"我亲眼看见,亲眼看见!"队员连连点头。

"你呢?"马元又指向另一个队员。

"我亲眼看见,亲眼看见吴满山开的枪。"

马元满意地拍了拍掌,说:"既然都是亲眼所见,那就这么定了,跟着我马元,有我肉吃,少不了你们的一口汤喝。"

"无耻!"吴满山气愤地骂道。

"带到团部,我要撬开他的嘴巴。"马元说。

四

穿衣镜前，胡在海精心打理自己油黑发亮的头发，他棱角分明的国字脸，五官还算端正，军服穿在他魁梧的身上，显得精神抖擞。他左右两只手分别拍了拍三个铜豆的肩章，幻觉中铜豆变成了一颗星……好梦不长，镜子里出现了马元的面孔。

马元恭维道："团座，这身衣服加上将军的军衔，才配得上你这副身材。"

"迟早的事。"胡在海自信地说，然后又问，"这次有什么收获？"

"团座，抓了条大鱼。"

"大鱼？快说快说。"胡在海急不可待地问，"你小子可真是十网打鱼九场空，最后一网就成功啊，多大的鱼？"

"我们抓到了新四军浮槎山游击队队长吴满山。"

"啊，吴满山？你抓到了吴满山？"胡在海还不太相信，"真是吴满山？"

"千真万确！"

"太好了！"胡在海搓着手，在屋子里走了两个来回，"这个吴满山，我们吃他的亏齐腰深啊。吴满山啊吴满山，你这只猴子终于没逃过如来佛的掌心。快说，在哪儿抓到的？"

"在……在……"马元吞吞吐吐。

"别婆婆妈妈的，是不是有什么见不得人的事？"胡在海明显不耐烦了。

"在尾赵村……"

"尾赵村?"胡在海停住了走动,"那不是……"

马元龇着牙,点点头,说:"在你的岳父家抓到的。"

胡在海揪着马元的衣领,瞪着一双牛眼,大声问:"到底怎么回事?"

"我们奉你命令在黄疃庙张兴垅集地区侦察,偶然之间与吴满山相遇……"

"我没工夫听你废话,拣重点说。"胡在海粗暴地打断马元的话。

"好,好。"马元紧张的心悬在半空,他了解这位长官,平时以儒将自称,不到非常时刻不会控制不住情绪。他说:"我们冲进张……张伯父家,看见老人家已倒在吴满山的脚下,吴满山的枪口还在冒烟。"

"什么?"胡在海诧异了,"你是说,吴满山杀了我岳父?!"

"千真万确。"马元从腰后拔出吴满山的枪,"你看,这是吴满山的枪,我当场缴获了。"

胡在海仍不相信,问:"吴满山为什么要枪杀他?没有理由啊。据我所知,我岳父与吴满山和浮槎山游击队可没少往来啊。"

马元急了,他向门外一招手,几个侦察队员进来。

"你们这是……"胡在海指着侦察队员,望着马元。

马元言之凿凿:"团座,这几个弟兄可是亲眼所见,都可以证明。"

"马猴脸"抢着说:"团座,吴满山枪杀张伯父,我可是亲眼所见。"

"我们亲眼所见,吴满山枪杀了张伯父。"几个人几乎异口同声。

胡在海狐疑的目光从他们每个人的脸上扫过。

"团座……"马元还想说什么。

"不用说了,下去吧。"胡在海不让他再往下说。

侦察队员们望着马元。

马元向他们使着眼色,示意他们下去。

几个侦察队员向左转,齐步走出门外。

胡在海盯着马元说:"你也下去!"

"团座,我……"

"下去!"

马元无可奈何地戴上帽子,敬了个礼,走了出去。

胡在海哗啦拉开窗帘,但仍觉得燥热,他解开衣领,还是热。他索性脱了上衣,烦躁地走了几个来回,跌坐在沙发上,沙发似乎难以承受,发出吱吱呀呀的抗议。

他抽出一支烟,叼在嘴上,连划几根火柴,却没能擦燃,还擦断了一根。好容易擦出火花,点着烟后,深吸一口,香烟一下子燃了半截。烟圈如一道道铁索,在他的头顶飘荡,在屋顶飘散,而散不去的是他的思绪——

有一个秘密在他心中隐藏得很深。胡在海自第一眼看到张槐花，就莫名地喜欢上她，因为她太像自己去世的母亲年轻的时候，瓜子脸、杏仁眼、柳叶眉，这些大鼓书上的词简直就是为母亲写的，槐花简直就是母亲的再现。除了长相不全像，其余简直是母亲的翻版，特别是朴实、青春的气息，两人一模一样。但他不敢表露，他清楚自己身上的这张皮，是张槐花，是皖东地区的老百姓厌恶的，何况她已定亲。他只是在夜深人静时默默地想着，想着张槐花，想着母亲，有时分不清哪个是母亲，哪个是张槐花。

作为桂军青年才俊，为他穿针引线做红娘的不乏其人，让他选择的官宦之女、富家千金、留洋才女……胡在海一概觉得索然无味，他只认张槐花。

他在等待，等待奇迹的绣球从天而降。

老天有眼，机会终于来了……

五

岱山位于皖东地区合肥古城集、全椒、大墅、定远、界牌交界处，松涛阵阵，怪石嶙峋，山路崎岖陡峭。

胡在海带着一支队伍疲惫地行走在丛林间。此时，他已升任国民党军连长，因打死新四军浮槎山游击队排长，而受到上峰嘉奖，没多久，他得到了提拔。

实际上，他不敢断定跳崖的人是不是新四军，是死还是活，但荣誉的魅力实在太大了，他强烈地需要，只有荣誉才能赢来荣华富贵。他手下的一帮人比如马元也需要。在荣誉面前，他们都表现出了迫不及待的贪婪。与此同时，他体会到生命的可贵，命可只有一条，活着多好，吃喝玩乐，升官发财，都可以享受，即便暂时没有也可以努力争取，命若没了，一切都是空……所以每次战斗，遇到敌人，无论新四军、日本人、伪皇协军还是土匪，他都尽量避免开枪，实在避免不了，放几枪撒腿就跑。奇怪的是，上峰对他的做法不但不批评和惩罚，反而褒扬有加，称他保存实力，智勇双全。

胡在海算是参悟了，乱世之秋，活着是最大的本钱，然后慢慢熬，熬到少校、中校，熬到将军，把张槐花娶了，衣锦还乡，让全村人羡慕，让全村人诧异母亲复活了。

"连长。"马元从前面跑过来，他也升了，接替胡在海的职位当了排长。

"停止前进！"胡在海让部队原地休息。见马元帽子歪了，也许是被荆棘划破了，一副狼狈样子，他不禁骂道："瞧你这副熊样！"

马元顾不得解释，报告说："发现了日军。"

"什么？"胡在海像被蜜蜂蜇了，一下子蹦了起来，"日军？那还不快跑。"

坐下的士兵听到"日军"二字，本能地站了起来，惊慌地你望望我，我望望你：

"啊，日军？在哪？"

"望我干吗？我哪知道？"

"连长，快跑吧！"

马元拽住胡在海，说："连长，日军没多少兵力，只有一个小队，加上十几个伪皇协军。"

"那也得跑。日本军人可是喝了武士道的迷魂汤，他们战斗力旺盛，单兵作战能力、后勤补给……连正规军都不是对手，上海、南京、蚌埠都接连失守了……"

"他们总共不超过三十人。"

"笨蛋，枪一响，他们的援军还不是马上就到？"

"他们押着一群乡亲。"马元说。

"顾不上了，快撤！"胡在海说完转身就走。

"有个女的，好像是张槐花。"马元在身后追着说，作为心腹，他知道这位直接上司的心思。

果然，胡在海的双腿僵住了，回过头问："啥？你说啥？张槐花？"

"连长，张槐花被日本人抓去了。"马元知道击中连长的痛处了。"近朱者赤，近墨者黑"，跟着胡在海几年，他的人生观与胡在海有着共同之处，他立功心切，以一连兵力对付不足三十人的日伪军，突然袭击，胜算还是很大的。

胡在海紧走几步，来到一个制高点，举起了望远镜。用望远镜能看得清楚，一队乡亲，在铃木和陈俊之的推推搡搡下，不情愿地挪着步子。

马元问："连长，打不打？"

胡在海的心在痛，槐花落到这帮人手里，结果可想而知。他撸起了袖子，抽出枪，顶上火，说："可恶的小日本，欺负到老子头上，老子这次要当一回抗日英雄。马排长！"

马元应了一声："到！"

胡在海油然而生大义凛然的气概，像指挥千军万马的大将军，他做出战斗布置："你带一排迂回到敌人左侧。二排长！"

"到！"

"看见那个山包了吗？你悄悄地从山包后面摸过去，等我的枪一响，你们两个排猛扑过去，记住，没有我的命令不许开枪。三排留下，随我行动，就地埋伏，听明白了吗？"

"听明白了。"

"行动吧。记住，行动要快，不要暴露，只给你们十分钟时间。还有，不要伤了老百姓，尤其前面那个女的，要是伤了她半根毫毛，你们吃不了兜着走！"

马元和二排长领命而去，迅速消失在树林之中。

胡在海将望远镜扔给勤务兵阿毛，在阳光照射下，望远镜镜片的白光可能会给敌人指示目标而引来火力。他躲在一块巨大岩石后，抬腕看表。

嘀嗒、嘀嗒……时间一分一秒地过去。

阿毛爬过来，悄声说："鬼子只有五十米了。"

胡在海望了一眼士兵，他们趴在树干后、岩石后，手扣着扳机，偏过头望着自己。他的心里涌起一阵激动，打日本人都不含糊了。

"四十米。"阿毛悄声报告。

胡在海看了一眼手腕，十分钟已到，他猛然从岩石后面现身，大喊一声："弟兄们，打！"

一排子弹射过去，几个日军倒下。

几乎同时，左、右两翼枪声大作，日军和伪军接二连三倒下。

张长有一头撞开身边的铃木，一把拉过张槐花，滚到路坎里。

"给我狠狠地打，别伤着女人。"

张长有听出来了，是胡在海略带公鸭嗓的声音，他按下张槐花抬起的头，说："别抬头，有人来救我们了。"

铃木半跪在一挺机枪旁，咆哮道："杀！"

日本兵毕竟训练有素，迅速形成战斗队形，顽强抵抗，而陈俊之和他的手下像掉了魂似的，不战自乱。

一个伪军鸵鸟似的一头扎进一堆乱草里，屁股却翘得老高。

"八嘎！"铃木一枪打向那个肉滚滚的屁股，随着一声惨叫，那个伪军滚下了山坡。

陈俊之连滚带爬到铃木脚前，说："太君。"

铃木问："他们……哪一部分的？"

"太君，我也不晓得啊，他们人多，我们撤吧。"

铃木用刀指着陈俊之说："你的怕死鬼，死啦死啦的！"

"太君，中国有句老话，'留得青山在，不怕没柴烧'。"

又有几个日本兵被打得血肉模糊，在地上直打滚，铃木只好服输："撤！"

阿毛见状，惊喜道："连长，鬼子跑了，鬼子跑了。"

胡在海大喜过望，跳起来高呼："弟兄们，鬼子跑了，杀啊！"

逃跑中铃木反手一枪，子弹从胡在海的额头擦过。

胡在海一摸，满手是血，哀号道："哎呀，我中弹了，妈呀，我活不成了。阿毛，阿毛，快救我。"

"连长。"阿毛用毛巾擦干他脸上的血，检查伤口后，安慰道，"连长，只是擦破了点皮，我给你包扎一下。"

胡在海放心了，说："没事啊？没事就好。多裹些纱布，我要给张槐花看看，我是为救她负的伤，老子是抗日英雄！"

枪声远了。

张槐花抬起头，兴奋得像个孩子："大大，鬼子被打跑了，我们有救了！"

张槐花搀着父亲站起，蹒跚着走到路上。

胡在海冲到面前，问张长有："叔、槐花，你们没事吧？"

张长有感激地说："胡长官，谢谢你救了我们。"

张槐花对胡在海喊道："啊，你受伤了……"她的眼里和语气里充满着感激和敬佩。

阿毛说："胡连长可是为救你们受伤的，他可勇敢啦！"

胡在海心里像抹了蜜，骄傲地说："身为国民党军人，为抗日、为乡亲们受点伤，那是应该的，不足挂齿。"

胡在海慷慨陈词一番，加之他又是自己的救命恩人，在张槐花的心中胡在海的形象陡然高大起来。她注视胡在海的目光中有了几分女性特有的柔情和崇拜。

胡在海读懂了，他不由得心花怒放。

张长有向胡在海作了个揖，说："胡连长，你拼死为我们老百姓，我们铭记在心了。今后抗日有用得着的地方，尽管吩咐。槐花，我们回家吧。"

"叔，你这是要去哪里？"

"回家，尾赵村啊。"

"叔，鬼子虽然败了，但吃过这次亏，他们肯定会来报复的，尾赵村回不去了，回去有危险。"

"那……"张长有觉得胡在海分析得有道理，可除了尾赵村，他还能去哪里呢？

胡在海殷勤地劝道："叔、槐花，你们去我的营地暂住吧。我那里安全，等太平了，我再送你们回尾赵村。"

马元帮着腔，说："是啊，去军营吧。我们连长可是个好人啊，他不会亏待你们的。阿毛！"

"在！"阿毛应道。

"搀着赵老太爷，回连部。"

四月的风还带着几许寒意，气呼呼地翻窗而入，在屋内撒气，把墙上的地图、桌上的纸张一顿胡搅蛮缠。

轰隆隆……轰隆隆……

接连炸雷将胡在海从回忆中惊醒，胡在海关上窗，拉上窗帘，穿上军装，仍觉得冷，他不知道该怎样向张槐花说……

又一阵炸雷滚过，下雨了，雨滴噼里啪啦打在屋瓦上……

第六章

一

　　王子城是江淮分水岭岭脊上不大不小的集市，仅一条南北走向的街道，相对于巢湖之滨的长临河，这里显得凋敝、贫穷、落后，临街的门面大都为土墙草屋，逢三、六、九赶集，附近的农户将自家地里圈里产出的花生、芝麻、鸡蛋肩挑手提到集市，换取针头线脑。逢闭集之日，街道冷落，几只鸡婆踱步到街中心刨食，刨累了便倒地睡觉。

　　近些日子，纷纷传说"四爷"要与桂军士兵在这一带打仗，许多店面关门，赶集的人稀稀拉拉。

　　王子城形同一只葫芦瓢，大圩子如葫芦口，小圩子如葫芦把。

与四周低矮破旧的茅屋形成强烈反差的是，一道高数丈的围墙足有十里地，圈成了大小两个圩子。圩子里矗立着高大气派的宅院，王华槿就住在大圩子里的一座豪宅里。

宅子有上万平方米，分上中下院，中院是一座四合院，门前有棵粗壮的槐树，常言道："门前有棵槐，不是升官就是发财。"并配有石门楼、石台阶和石鼓，从几级台阶上去，跨过高高的石门坎，便是开阔的天井，穿过天井便是正屋。下人们低着头，弓着腰，轻手轻脚地进，轻手轻脚地出，生怕发出一丁点声响。

正屋中间摆了一张横木做成的八仙桌，桌子上摆满了山珍海味：清蒸鲈鱼、油焖大虾、大盘牛肉、泥鳅挂面、红烧甲鱼、烤乳猪、卤狗肉……层层叠叠，热气腾腾。

主宾席上坐着一七一师师长李本一、五一二团团长黄振雄、第十游击纵队司令柏承君，定合滁边"剿共"司令部第二大队队长牛登峰及几个师部参谋、处长分两边陪坐，东道主王华槿坐在李本一的对面。

李本一心事重重，新四军调兵遣将即将发起一场大规模的战役已是板上钉钉的事实，而几条情报都指明新四军首战选在王子城，接下来新四军肯定会拿出他们惯用的用兵之道：围点打援。

《孙子兵法》有云："故善战者，致人而不致于人！"善于指挥战斗的将领总能调动敌人而不被敌人调动，"围点打援"这一战术被共产党的军队运用得出神入化。李本一在军校培训时，战术教官重点分析了苏家埠战役：早在 1932 年，国民党军几个团的兵力以苏家埠为枢纽，从六安城至霍山构建一条防线，直逼鄂豫皖首府。红四方面军总指挥徐向前以地方武装对国民党军佯攻，主力部队则从侧翼包围苏家埠，并依托地形优势，伺机歼灭来自六安和霍山方面的敌援。红军显出极大耐心，围困苏家埠48天之久，国民党军以两个团的兵力从六安出发至韩摆渡附近时遭红军伏击，一部被歼，其余逃窜。国民党军并未甘休，再次组织四个主力团疯狂冲击，危急关头，红军投入总预备队。国民党军再次投入十五个团约2万人大幅增援。红军且战且退，再猛烈穿插分割围歼，直接打掉国民党军司令部，三打援敌，连战连胜，而被围国民党军内无粮草，外无救援，只好主动请降。

李本一反思："围点打援"并非奇招，为什么红军用起来得心应手，且屡用屡胜？1935年，红军新组建的第十五军团在军团长徐海东、副军团长刘志丹的指挥下以围攻甘泉为诱饵，在甘泉以北的崂山打援，全歼一一〇师；二渡赤水后，先克遵义，再败吴起伟纵队；崂山战役打服少帅张学良……数不胜数啊。

李本一心乱如麻，他有预感新四军会发扬他们的老传统"围点打援"，而其中的"点"极可能是王子城，但他又不能显露出来，表面上还得装作镇定自若。

黄振雄斟满一杯酒站起来恭恭敬敬地说："师座，亲临王子城视察和督战是我团的荣幸，卑职代表全团官兵敬你一杯酒，我先干为敬。"说完喝了个底朝天。

李本一象征性地端了一下杯子，说："心意我领了，还是少喝为好，坐下吧。"

黄振雄立正站着，红着脸说："请你干了这杯酒，你不喝干，我不坐下。"

李本一一字一句地说："黄团长，王子城是我一七一师的门户，战略地位十分显要，一旦失守，我军在梁园、八斗岭将难以立足，乃至于在整个皖东地区处于被动局面，你责任重大啊！"

黄振雄拿过酒瓶，又给自己倒满一杯，掷地有声地说："我以军人的荣誉担保，卑职在，王子城在！"说完一饮而尽。

"黄团长，如果新四军来犯你有何退敌妙计？"李本一问。

黄振雄脚下快站不稳了，但酒壮英雄胆，他胃里有一团火在燃烧，他打了一个饱嗝，豪气冲天地说："卑职以为，新四军使出的还是'围点打援'老套路，我军何不将计就计，固守待援，待增援部队赶到，我王子城守军反守为攻，给新四军来一个反包围……"

"黄团长胸有成竹啊。"对黄振雄的回答，李本一显然很满意，他呷下一口酒，又问，"如何做到固守待援？"

黄振雄说："我军只要城门紧闭，高挂免战牌。新四军没有重炮，充其量几门掷弹筒，其奈我何。"

牛登峰啃完一根鸡腿，满嘴流油，抢着说："报告师座，我的兵力已布置在王子城外围，我们誓与阵地共存亡，以报答你的知遇之恩！"

大桥战斗后，牛登峰成了光杆司令，李本一将几股改编的队伍划归他，又拨付一批武器。李本一从心里看不起牛登峰这帮乌合之众，但多事之秋，正是用人之际，多一个人多一分力量。

李本一鼓励道："牛大队长，你要奋力杀敌，一雪大桥之耻。"

黄振雄信誓旦旦说："师座，请你干了这杯酒！如果我战死，这杯算诀别酒。"

"好！这杯酒我喝！"李本一喝干了杯中酒。

李本一这一举动让场面顿时活跃起来。

王华槿屁颠屁颠地来到李本一跟前，还没张口，李本一抢先问道："王大队长是土生土长的本地人吧？"

"是的是的，生在这长在这。"王华槿的头点得像小鸡啄食。

"王大队长，既然是本地人，又经营多年，想必置了不少家产吧？"

王华槿不知李本一是何用意，不知如何回答，支支吾吾："托党国的福，有些家产。"

李本一做了个杀头的手势说："这些年你也没少杀共产党吧？"

"卑职与共产党不共戴天！"王华槿咬牙切齿地说。

"好，好，很好，王大队长，你知道就好。你要明白，新四军若是攻破了王子城，你庞大的家产将泡汤，他们的口号可是'打土豪，分田地'，你的粮食、房子、土地、当铺都会被那帮穷鬼抢得一粒渣都不留。你脖子上的吃饭家伙也保不住啊。"

王华槿感到脖颈凉飕飕的，他不由得摸了一把脖子，说："卑职明白，卑职誓死守住王子城，效忠党国。"

"诸位也不必紧张，"李本一的眼光在每个人脸上停了一秒，他打气说，"新四军没那么可怕，他们武器落后，而我军装备精良，何况在你们不远处的梁园、古河、大墅等地都驻扎着训练有素的正规军，只要你们坚守一天，不，半天，援军就会及时赶到。"

听李本一一席话，大家轻松了不少，仿佛战斗警报已经解除，个个稳操胜券的样子，觥筹交错，及时行乐。

这时，大厨端上一个热气腾腾的盘子。王华槿作为东道主，客气地为李本一夹了一块放在他面前的小瓷盘上，故意卖着关子："长官可晓得这是什么？"

李本一低头细瞅，只见盘中之物晶莹剔透，油光发亮，发出诱人的香味。他用筷子夹起咬了一小口，肥而不腻，清爽可口，回味无穷，连连赞道："好吃，好吃！"忍不住又夹了一块，两口吞下去才想起问，"这道菜叫什么来着？"

王华槿卖弄道："这叫八斗猪蹄，是当地有名的特色菜。"

"有啥来历？"黄振雄问。

王华槿找到了表现的机会，他说："据说这道菜可是与吴复有关。"

"吴复？"李本一问，"吴复是谁？哪个党派的？"

"吴复是本地小鲁村人，元末追随朱元璋征战南北，战功赫赫，洪武十六年（1383），金疮病发，病逝于普定，朝廷追封他为黔国公。吴复出身贫寒，吃一口猪蹄都是奢望，他常常对乡邻说："将来等我发达了，请大家连吃三天卤猪蹄。"吴复带兵打了胜仗，就用家乡的卤猪蹄犒赏三军。后来他衣锦还乡，果然信守诺言，大摆宴席请全村父老乡亲连吃三天卤猪蹄。此后，八斗一带办大事都要在宴席上摆一盘卤猪蹄，富贵人家用脸盆，布衣人家用小盘。"

李本一吃得满嘴流油，问道："富贵人家和布衣人家的卤猪蹄味道一样吗？"

"那可不一样，区别大了。"王华槿说，"首先是原料不一样，比如我们桌上的这盘，猪是我派专人饲养的，以响导街上的豆腐渣为主食，让猪吃个半饱，再赶到塘埂上，猪拱埂上的甜草茎吃，增加活动量，肉质更好。猪舍是冬暖夏凉的房子，猪圈每天打扫两次，保持清洁；长到一百斤时宰杀，再重肉就粗糙了。

"选猪的前蹄，前蹄大，肉多，有嚼劲，口感好。清理猪蹄不能用开水烫，也不能用松香，而要用剃头匠的剃头刀，细细清理，刮净之后用自家秘制卤料含八角、辣椒、茴香、生姜等共 18 种，再加盐腌制 24 小时，其间，厨子每两小时翻动一次。卤料配制关键，卤汤更重要，我厨房的卤汤是从符离集高价购回的，据称 300 年没断火，老汤。卤汤越老越浓厚，味道越香。把猪蹄放在老汤中卤制一夜，再加入卤料和水。这水也不是一般的水……"王华槿停了下来。

"哦，王大队长，啥水？难道是天宫王母娘娘瑶池里的水？"

黄振雄打趣道。

王华槿说："那倒不是，那是一步三眼井里的水……"

李本一连啃了三只蹄子，大饱口福，总算停下了筷子，问："一步三眼井？井名怪怪的啊，有讲究？"

"有讲究，传说曹植南下监军驻扎在八斗岭，看到岭上连日干旱，人畜用水都很困难，便令三军开挖了九眼水井，1800年过去，仅存两口井，无论暴雨还是晴天，井水水位始终保持不变。且井水清冽甘甜，熬粥、泡菜、煲汤余味无穷。我每天安排专人前去取水。"

黄振雄竖起了拇指说："王大队长真是有福之人，在这方圆百里，八面威风，享尽富贵。"

"岂敢岂敢，"王华槿端起酒起身敬道，"托国民党军的福，王某才有今天，这杯酒我敬各位长官，我干了！"

"客气客气，王大队长是有福之人。"

大厨又端上了一个香气四溢的盘子，盘子里盛着铜钱大小的豆饼，在油的热气中突突作响。

一直低头不语的牛登峰不甘寂寞，站起身介绍："这是响导的豆饼，这里有个歇后语叫响导铺的豆饼——响当当！"

大桥战斗中，牛登峰差点当了俘虏，只身侥幸逃命，投奔桂系阵营，李本一见他还有利用价值，出枪出钱让他重组人马。牛登峰不负所望，召集旧部、地痞、无业流浪者，拉起了一支数百人的队伍，充当鹰犬，屡屡与新四军为敌。但新四军二师师部驻在定远藕塘，定远建立了魏文伯为县长的抗日民主政权，他根本回不去，只好委曲求全蛰居于八斗岭、王子城、响导一带。虽然与王华槿同为大队长，但毕竟在人家的地盘上，气势弱了一个等级，平时与王华槿在一起时，能不说话都尽量不说。今天晚上，王华槿尽地主之谊，可谓出尽了风头，牛登峰极力压抑心中的不快，但当响导豆饼端上餐桌时，他不想再忍了。响导与定远交界，仅隔一条麻埠河，作为"地头蛇"的牛登峰，眼里哪有这条河？经常带着手下兵痞越过麻埠河到响导，名为"剿共"实为纵兵抢劫，抢夺地盘，为此，常与另一条"地头蛇"王华槿闹得不愉快。

看到响导豆饼，牛登峰睹物思当年，他情不自禁地介绍起来，以示自己也是这一方土地的主人。

王华槿脸上明显露出不悦之色，但李本一、黄振雄在场，他只好强作笑脸说："牛大队长对本地的风土人情烂熟于心。"

李本一瞬间来了兴趣，他面向牛登峰，冒出几分期待："牛大队长，你说说，这响导豆饼有啥来头？"

牛登峰就等这句话，他呷了口酒，侃侃而谈："要说响导豆饼，还得先从响导地名说起。传说三国时期，江淮地区是吴国和魏国必争之地，当年曹操统兵伐吴，大军就驻扎在八斗岭，曹操在八斗岭与响导之间设立遛马道以训练军队，每日马队过境，项下铃声叮当响，不绝于耳，古道两侧居民闻声退让，故名'响道'，后来逐渐写成'响导'。

"孙权在逍遥津被张辽击败，一路向北逃窜，逃至响导地界，又饥又渴，幸遇一位姓项的刀铺师傅。他求项师傅弄点吃的，项师傅环顾家里，仅有一碗干豆饼和一把白菜，于是把豆饼和白菜放在一起用水煮。孙权狼吞虎咽，感觉是人间美味，还想吃第二碗，却没有了，项师傅催促他抓紧赶路，并为他带路……临别孙权脱下身上的华美锦衣送给项师傅，以谢救命之恩。孙权回到建业后，想到豆饼烧白菜的美味，多次命人烹调，却终究吃不出当年的味道……响导豆饼便因此流行。

"做豆饼工艺不复杂，将绿豆、黄豆、豇豆磨成粉……"

"好了，好了，牛大队长。"李本一听得不耐烦了，打断了牛登峰。牛登峰这才意识到自己眉飞色舞地介绍，忘了今天宴会的主角，难为情地干笑了两声说："献丑，献丑。"

大厨又端上来一盘菜，人还在门口，香气已飘来：众兴狗肉火锅。

木炭在锅下红通通地燃烧，狗肉在铜制的锅里上下翻滚。

"这是众兴狗肉火锅。有道是狗肉烧三滚，神仙站不稳。"刚才被牛登峰抢了风头，王华槿十分不悦，没等火锅放稳，他就开始夸夸其谈。

"王大队长。"李本一开腔了，他打断了王华槿，滔滔不绝地说着："众兴狗肉与马娘娘有关，元末明初，马娘娘随朱元璋征战来到众兴，她看到因战乱而民不聊生，天灾人祸，众兴人生活在水深火热中，大慈大悲的马娘娘日夜奔波在阡陌茅舍，访贫问苦。有一次，马娘娘深夜回营，途中遇到一群牛犊般大的饿狼，随从拼命抵抗，最后全部战死，狼群也死伤殆尽，仅剩一只头狼。

"眼看头狼一步一步向马娘娘逼近，手无寸铁的马娘娘绝望地闭上双眼。危急时刻，黑暗中蹿出一条黑狗，勇敢地与头狼搏斗，最终黑狗与头狼双双毙命。闻讯赶来的士兵和村民看到的是遍地尸体。众人正准备把他们掩埋，马娘娘突然命人把那只被头狼咬得面目全非的黑狗留下，并要求随军厨师烹饪出天下最好的狗肉，她要吃掉它。马娘娘说，这只义犬对自己有救命之恩，她要吃了它，让狗融入自己的体内，让自己的血液里流淌着情义。狗肉端上来了，马娘娘焚了三炷香，含着泪一口一口地吃完……

"从此，马娘娘对众兴百姓更加体恤爱护，众兴百姓感念马娘娘，纷纷效仿吃众兴狗肉……"

"李长官，没想到啊……"王华槿吃惊地望着李本一。

"没想到什么？"李本一说，"没想到我对东乡的美食也略知一二吧。"

还是牛登峰反应快，他放下筷子鼓起掌来。

一桌子人跟着鼓起了掌。

牛登峰奉承道："原先只晓得李长官是一员虎将，没想到上知天文，下知地理啊。"

李本一说："诸位，人嘛，世间走一遭，少不了吃喝玩乐，李某也是凡人，和诸位一样，享受人生，可眼下不能沉湎于享受啊。"

黄振雄用汤勺舀起一勺豆饼送到嘴里，细嚼慢咽，之后说：
"响导豆饼，名不虚传啊，还有那个八斗猪蹄，我想，这满桌的
菜肴每一道都有一个传奇故事吧。"

"那是那是。"王华槿与牛登峰异口同声。

"够了！"李本一猛地拍了一下餐桌，桌面上的酒盅、碗筷、
碟子都跳起来。

众人大惊，半张着口望着这位刚刚还眉开眼笑的长官，不知
哪里得罪了他，使得他瞬间变脸。

王华槿十分尴尬，作为东道主，他为这位在皖东地区叱咤风
云的桂系大将的到来，煞费苦心，精心准备了一顿晚宴。李本一
瞬间变脸，使他几天的心血付之东流，他战战兢兢地问："李长
官，这……"

李本一似乎感觉到自己的失态，对这些"地头蛇"的良苦用
心他心知肚明，何况大敌当前，强龙压不住地头蛇，还需要他们
充当炮灰，消灭新四军。于是，他的语气平缓了许多："王大队
长，牛大队长。"

王华槿和牛登峰条件反射地从座位上站立，双手并拢："属
下在。"

"不要这样，不要这样。"李本一招招手说，"你们对当地
的人文烂熟于心啊，你们说的曹操、孙权，可都是响当当的历史
风流人物啊。"

王华槿和牛登峰相互望了一眼，又将目光投向李本一，等着

李本一继续说下去。

"既然八斗岭、响导与这些杰出人物紧密相连，那么二位有何感想？"

王华槿不知如何回答。

牛登峰干脆直截了当地说："请长官明示。"

"眼下，国民党军、日军、新四军在皖东各据一方，形成拉锯，俨然三国鼎立之势，二位，对了，还有黄团长……"

黄团长不愧为职业军人，闻声起立，腰杆挺得笔直。

"都坐下吧，吃顿饭，别搞得那么紧张嘛。"

作为桂军中经历过枪林弹雨的重要将领，对于王华槿、牛登峰这样的"地头蛇"，李本一打心眼里瞧不起他们，那群人纯属乌合之众，欺负老百姓还算行，和新四军真刀真枪地干，指望他们，黄花菜都凉了。瞧他们对菜肴如数家珍，除了吃喝还是吃喝，一帮酒囊饭袋，听着听着李本一头皮发麻，不由得怒从心生，可转念又想，新四军频频调兵遣将，兵越调越多，将越遣越广，桂军压力如山啊，还得这些蠢货打头阵。

大家坐在座位上，先前的轻松欢畅荡然无存，心里忐忑不安，生怕稍不小心就得罪了军中大员。

为缓解紧张气氛，李本一拿过酒壶，把几人面前的酒杯斟满，可三人哪能心安理得地接受？一个个欠着半个屁股，诚惶诚恐。

黄振雄谦让道："卑职哪能让长官斟酒。"

李本一最后给自己也倒满，他端起了酒杯。几个人忙不迭地端起酒杯。

李本一说："王大队长、牛大队长都在说，我们脚下是块产生英雄的土地，今天我们更要当英雄，为了党国的利益，杀身成仁。"

一位女报务员匆匆进门。

李本一大度地一挥手说："这里都不是外人，但说无妨。"

"是！"女报务员说，"报告长官，新四军正悄悄地对王子城进行合围。"

"啊！"王华槿手一抖，筷子落地。

黄振雄大惊道："这么快？昨天还毫无迹象，难道新四军是天兵天将？"

李本一故作镇定端坐在上席说："诸位都听到了吧？我们在吃喝，新四军可没闲着。黄团长、王大队长、牛大队长。"

"到！"三人异口同声。

"立即回到你们的指挥所，严密监视新四军的一举一动。我马上回古河，调动部队为王子城解围。"

王华槿想：明明想溜，还说得这么好听。

二

"梁园虽好，但不是久恋之家。"

《水浒传》第六回中写的梁园，属于八朝古都开封，汉时梁王刘五所建。

在合肥县东乡，也有一个叫梁园的地方，它位于"吴楚要冲，包公故里"，虽比不上帝王家的显赫与盛名，但1500年的厚重历史使它闻名遐迩，从北魏一路走来，历经隋风唐雨，宋韵元声。

它位于江淮分水岭上，自古以来商贸活跃，镇上有蹄角行、粮油行、布纱行、竹木行、旧货行等交易行，吸引合肥、定远、滁县等地客商纷至沓来，遇逢集之日，牛哞羊咩，人欢马叫，人头攒动，市声鼎沸。青石街道上，门对街而开，家家做买卖，店连店，摊挨摊，沿街排成长蛇阵，穿街走巷，连上七横、八角、九弄、十三巷，商界这样评价："没有买不到的东西，没有卖不掉的货物。"自然成为方圆百里农副产品集散地，京沪大都市杂货的中转站，两湖江浙等省牲畜家禽的集散地。

而这一切随着日军三次较大规模的狂轰滥炸和日伪军拉网式的烧杀淫掳，化为乌有。

梁园人不会忘记：

1938年10月14日，天气晴朗，丰收的大地上已有过半开镰，店户开门营业，日军从合肥出动3架轰炸机侵入梁园上空，低空盘旋，机翼下的红膏药似的标记清晰可见。行人没见过飞机，望着天上的怪物，听着震耳欲聋的轰鸣声，十分恐慌，日军连续几个俯冲，扔下黑乎乎的炸弹，顿时血肉横飞，火光冲天，一片焦土。

1939年2月19日凌晨，日伪步骑200多人由店埠进犯梁园，行至梁园以南邓岗时，新四军第四支队参谋长林英坚率部100余人，预先埋伏在公路两侧发起猛烈狙击。日伪军虽受重创，但仍不死心，继续进攻梁园，此时驻守梁园的省保安三团一个连及梁园办事处卫队 30 余人弃镇而逃，日军冲入镇内大肆烧杀抢掠，林英坚率部在游击队配合下追至梁园，迫使日伪军沿原路向店埠撤退。

1939 年 5 月 20 日，日军两架飞机进犯梁园，炸弹一串串投至王鲍巷、吴祠堂、"二十四司"等地，炸死炸伤无辜群众多名，六十岁的唐秀柚和吴家三岁小男孩被炸得粉身碎骨。

1939 年腊月初九，日军 3 架飞机轰炸梁园，横街"际四一膏药店"等 20 余间房屋被炸弹炸毁殆尽，两个卖猪的农民被炸得面目全非，躲在大桥附近的防空洞里的居民李正生、高左富与三个卖茶叶的客商以及躲在河沿下的群众皆被炸死，梁园河被鲜血染红了。

三次轰炸，惨不忍睹，妇幼哭声恸地。

三次轰炸，日军暴行令人发指。多年以后，梁园人谈及其情其景仍义愤填膺。

……

"报告团座，抗日忠烈纪念仪式准备完毕，向你报告！"五一一团团长游吉方正沉浸在回忆中，被一阵洪亮的声音打断了思路，只见少尉排长吴新已迎在纪念馆门口。

对于这座纪念馆，游吉方有着特殊的感情，不仅因为纪念馆是他所建，更重要的是馆内安葬着 400 位广西子弟兵。

1938 年 5 月 14 日，合肥沦陷，国民党合肥县政府迁至西乡南路口鸽子笼村，不久日军占领淮南铁路沿线，切断了铁路东西的联系，整个安徽被分为皖东、皖西两大片，国民政府为了适应军事需要，特设战时机构——合肥县梁园办事处，任命胡载之为办事处主任。

自此，梁园成为战略要地，等待它的是一轮又一轮的劫难。

1940 年农历腊月二十三下午，日军出动一个联队加上伪军共 1000 多兵力把梁园团团围住，驻军梁园的桂军仅一个营，由一三五师补充团副团长李丕成担任指挥官。战斗进行得异常激烈，国民党军在北头岗修筑的碉堡占据险要地势，对敌人形成有效阻击，日军发动了 7 次进攻，但每次都丢盔弃甲，丢下一片尸体。日军久攻不下，伤亡惨重，调整战术，借助两边的邓岗民宅作为掩护，架设大炮，对碉堡进行猛烈的炮击，最后碉堡失守，驻守官兵大部分阵亡，仅存 24 人。

游吉方参加了第三次梁园保卫战。

那是 1942 年 1 月 17 日，日伪军拼凑 4000 人，在 6 架飞机掩护下分别从店埠、古河、合肥、下塘分四路从东西南北四个方向气势汹汹围攻梁园。

此时，游吉方任桂军一七一师五一一团上校副团长。游吉方将战前部署会设在古峋塔的废墟上，他站在残破的塔基上，二营赖营长、一营李营长、办事处胡载之分列左右。

古峋塔由梁武帝萧衍所建，这位不爱江山爱出家的天子，看破红尘笃信佛教，4次入寺庙做了和尚，每一次都是群臣百般劝谏，并耗巨资把他"赎回"，他还担任住持，讲解经书，醉心研究佛教理论，把当皇帝当成了业余爱好。老年的萧衍刚愎自用，乱建佛寺。唐代诗人杜牧诗云："南朝四百八十寺，多少楼台烟雨中。"古峒塔寺应该是"四百八十分之一"，史书记载，古峒塔塔高九丈，共七层，每层之间有莲花托盘底座，呈六棱形。

然而，在日军第二次进犯梁园时，古峒塔毁于战火。

游吉方慷慨陈词，历数日军累累暴行，回顾"狼军"赫赫战果，台下数百广西子弟群情振奋，誓与梁园镇共存亡。

游吉方命令：一营营长李丕成率部固守镇南，二营营长赖苍民率部固守镇北，胡载之所属中队固守镇西，游吉方亲率余部守卫镇东。

第二天凌晨，日军发起进攻。

好一场血战啊！

梁园四个方向枪炮齐鸣，战火纷飞，硝烟四起，面对数倍于己的日军，游吉方视死如归，手持望远镜登上宝塔的残垣。

日军打了两天两夜。

守军守了两天两夜。

究竟发生了多少次短兵相接，已无从计算，只知道突出重围生存者不足两个班，活生生的数百兄弟所剩寥寥无几。

1943年秋，游吉方亲自将散落于田间地头的烈士遗骸迁移到梁园北头的梅桥，筑建"抗日忠烈陵园"，筑墓400余座，墓碑排列整齐肃穆。另建 6 米多高纪念塔，他亲手书写"抗日忠烈纪念塔"。

每到大战来临，或者战斗纪念日，或者某位熟悉的属下忌日，游吉方都会独自来此凭吊。

今天，游吉方亲率五一一团连级以上军官走进了陵园。

大家知道，又将有一场大战。

游吉方一声不吭，慢慢走在陵园内，他的目光在每一块墓碑上停留。

刘庄章，二十三岁，广西武鸣仁和乡人，陆军一七一师五一一团步炮连准尉排长；

罗永成，十九岁，广西横县鼎和乡石狮村人，陆军一七一师五一一团机枪连上等兵；

黄汉，二十一岁，广西藤县和平圩西街人，陆军一七一师五一一团五连上士班长；

石平昌，二十一岁，广西南丹罗密乡人，陆军一七一师五一一团特务连上等兵；

黄三立，二十岁，广西邕宁人，陆军一七一师五一一团四连上等兵；

万良才，二十二岁，广西丰宾人，陆军一七一师五一一团二连少尉排长；

……

一块块英烈的墓碑上，写着他们的名字、籍贯、年龄、身份，都是广西子弟兵，都是二十上下血气方刚的年华。游吉方手扶冰冷的石碑，透过苍劲的字迹，遥感当年鏖战，他眼前浮现出年轻的勇士在连天烽火中浴血奋战的场景。虽然有的士兵他并不认识，但都是自己带的兵，他在心里自责着："兄弟们，我把你们带出大山，却不能带你们回家，对不住了！"

副团长赖苍民和军官们迈着低沉而整齐的步子，跟在团长的身后，默不作声，他们或许在想，哪一天自己也会埋在这儿……

不知不觉一个小时过去了。

赖苍民从随从手里接过一个公文夹，里面夹着作战命令，他快步走到游吉方面前，提醒道："团座，时间不早了。"

游吉方明白赖苍民的意思：该宣布作战命令了。

"可让我怎么开口呢？"游吉方想。

这次作战的对象不是日本人，不是汪伪军，而是新四军，曾经并肩作战共同打击日寇的友军。

日军三次侵犯梁园，梁园的守军多次呼救援军，第十军四一一师、四十八师一四二旅和保安团并不遥远，偏偏不见援军的身影，倒是武器装备落后的新四军奋不顾身前来救援。

第一次反击日军，新四军第四支队八团团长周骏鸣率领警卫连驰向梁园北头岗，七团参谋长林坚英也率部在镇西实行两面夹击。

第二次反击日军，新四军第四支队八团二营营长朱绍清率四、五两个连从梁园东北方向进行正面攻击，打得日军仓皇逃离。

第三次反击日军，桂军伤亡惨重，营、连长相继阵亡，游吉方也身负重伤。正当守军寸土不让血战之际，办事处中队长徐敬三畏敌如虎，弃镇逃命，致使敌人从西门突入，排成纵队沿街向北扫荡。游吉方看到身边士兵接二连三倒下，日军端着刺刀步步逼近。他艰难地直起半个身子，举起手枪，枪口对准自己脑门，正欲扣动扳机，一阵震天的喊杀声伴着密集的枪声由远及近，原来新四军第四支队九团二营营长徐佩汝和作战参谋童中闻讯赶来支援，打得敌人措手不及，仓皇撤出梁园……

游吉方瞥一眼印有国民党党徽的公文夹，那里面夹着军部发来的围歼新四军的电文，电文上午就到了，他拿在手里像钢板一样沉重。

赖苍民读懂了游吉方为难的神情，问："团座，非打不可吗？"

赖苍民理解游吉方的心情，其实他与团长感同身受。几年共同抗日，尤其是经历了三次梁园保卫战血与火的战斗，他看到了新四军是真心抗日的，而自己所在的党国处处提防友军，时时制造摩擦。

游吉方合上文件夹，长叹一声："军令如此，还有选择的余地吗？"

赖苍民叹道："真是愧对新四军了，我们居然向他们开枪。"

游吉方和赖苍民既是广西同乡，又是桂林陆军军官学校同窗好友，毕业后又分在同一支部队，可谓缘分和交情都非同一般，两人情同手足，无话不谈。

对于新四军的军容军纪和战斗力，两人由衷地敬佩，而对于国民党的腐败，两人都深恶痛绝。

腐败是一个组织的大敌，甚至比外部的敌人更可怕，因为堡垒最容易从内部攻破。

而国民党几乎是腐败的代名词。

范文澜在担任北平女子文理学院院长时，因传播过一些进步言论而遭国民党宪兵第三团逮捕，押往南京，恰巧押解的执行官是游吉方校友，经不住表婶哀求，游吉方前去求情。

见了面寒暄几句说明来意，执行官说："对不住了，老同学，你表叔的案子是中央组织部陈立夫亲办案件，我只是区区执行官，无能为力啊。"

游吉方力争："我表叔只是一个书生，能有多大的罪啊，惊动了部长大人。"

"多大的罪？天大的罪，'通共'了！"

"怎么可能？我表叔生活俭朴，平时连人力车都不坐，常常步行到学校上班，并把每月工资的一部分捐给学校图书馆。"

"哈哈，老同学。"执行官笑着打断游吉方的话，"你表叔学富五车，才高八斗，很多社会贤达都为他求情开脱，国立北平大学校长徐诵明曾向南京中央组织部陈立夫说情，所说的理由和你刚才说的一模一样，几乎一字不差……"

"这……这是事实啊。"

"你猜陈立夫部长怎么回答？"

"怎么回答？"

执行官学着陈立夫的浙江方言："徐大校长，这不正说明范文澜是共产党吗？你看看党国要员哪一个不是腰缠万贯、中饱私囊，不是共产党哪有这样的人啊。"

"天哪！"游吉方拍案而起，"难道识别共产党的标准就是不贪污？可笑之至。"

……

国民党军队中的腐败更是令人瞠目结舌，在一次游吉方参加军官培训会上，老长官李宗仁愤愤不平地说："军队需要补充武器弹药时，也必须向上级官员和兵站行贿才能得到补充，杂牌军队尤其如此，若不行贿就一点得不到补充，即使蒋委员长批准一批枪弹，兵站仓库官员也要勒索贿赂，没有'进贡'，兵站就以库存已尽来搪塞。"

愤慨归愤慨，李长官只好无奈地让大家"委曲求全"："该送还是送吧，谁让我们是后娘养的呢，只要结果好，过程可以忽略不计，操作中可以灵活变通，第五战区新编王庆曲师获准得新枪1000支，就卖掉200支，所得款进贡兵站、仓库等各个关节，不还是赚了800支吗？第二十九集团军总司令王赞认死理，脑子不开窍，虽有蒋委员亲批手令，但一毛不拔一支也领不到……"

……

"当——当——"陵园的钟声被敲响，悠长、沉重、苍凉。

陵园建成后，游吉方在园中安置了一口大钟，这座大钟是古崛塔仅存的遗物，熔造于永乐年间，重 2 吨，每天酉时被敲响，既寄托对亡灵的哀思，又提示活着的人勿忘国耻。

每当听到这钟声，游吉方的脑海里就涌出儿时上私塾时读到的屈原《卜居》里一段：

蝉翼为重，千钧为轻；
黄钟毁弃，瓦釜雷鸣；
谗人高张，贤士无名。

"团座，"赖苍民提醒道，"时辰到了。"

"黄钟毁弃，瓦釜雷鸣！"游吉方自言自语。

"团座你说啥？"赖苍民没听懂。

游吉方这才回过神，说："哦，苍民。"

赖苍民把公文夹双手递给游吉方。

游吉方伸出双手郑重地接过，一滴泪珠从他的眼眶溢出，在夕阳下闪着冰冷的光。

赖苍民注意到这个小小的细节，他心头一颤，但他很快用平静的声音压抑住内心的不平静："全体都有，立正！"

交头接耳的军官们猛然听到口令，整齐划一地站好队形。

"稍息，下面请团座训话！"

三

"一袋，两袋，三袋……"

"一筐，两筐，三筐……"

炊事班老班长杨铁锅帮着抬了一个多时辰的"粮草"，又爬高下低数完堆得像小山似的大米、猪肉、蔬菜、挂面、千张、豆腐、豆饼、张集贡鹅……心里像喝了蜜一样甜。杨铁锅干炊事班班长十几年了，他还从没像今天这样富裕过，毕竟年近半百了，腿上、胸口还有伤，力气有点跟不上了。他解下看不出颜色的围裙，蹲坐在石凳上，掏出烟叶和白纸，卷了烟卷，美滋滋地抽起来。他的右手在大别山三年游击战时被打伤，仅剩拇指和无名指，刚好夹住烟卷。

杨铁锅不是他的本名，本名叫啥全团人都不知道，他也从不提起，杨铁锅就杨铁锅吧，名字嘛，符号而已，何况"杨铁锅"这个名字还有来历的。

杨铁锅早年在红二十八军，参军的时候就三十岁了，在红军队伍里算是大龄了，他全家被恶霸逼死，参军就是为了报仇。一当兵就在炊事班，这些年来，光从他的炊事班走出去的中高级指挥员就有好几位：陈先端、韩先楚、王战……

在红军连队里，最辛苦的非炊事班莫属，不仅要携带炊事用品，还要挑粮食，每人的负重都在三四十公斤。到了宿营地，战士们倒头便睡，他们要安锅、拾柴、做饭，休息时间很少，但他们从无怨言，他们最大的快乐就是战士们吃饱饭、打好仗。

红军在大别山的日子里，打仗是家常便饭，几乎每天都在打仗，或者在通往打仗的路上。高司令要求轻装，杨铁锅便狠心扔下坛坛罐罐。首长说，一粒粮食都没有了，要锅干啥，都扔了。但任凭高司令怎么劝说甚至命令，他仍舍不得扔下铁锅，他说："没有饭做我们还可以给大伙烧点开水。"

杨铁锅和他的炊事班背起铁锅，一步不落地走在队伍中。过草地时，阴雨不断，根本找不到干柴，但每到宿营时，炊事班总是支起铁锅，烧好开水，让战士们轮流泡脚。战士们齐声称赞炊事班，杨铁锅和他的炊事兵笑逐颜开。

由于没有粮食，和战士们一样，炊事兵的身体十分虚弱，行军途中，背着行军锅的炊事兵忽然栽倒在地，再也站不起来，后面的炊事兵一声不响地走上前，解下行军锅背在身上，继续前进。

杨铁锅永远忘不了，在一个宿营地，炊事兵小猛支起行军锅，烧了一锅生姜水，挨个送给战友，但刚刚把热气腾腾的生姜水送到战友手里，自己便倒在地上，停止了呼吸。

炊事班只剩下一口铁锅了，他坚定地背起了铁锅，到了宿营地，照旧烧生姜水，照旧送到战士手里。可他动作明显很缓慢，有些体力不支，连长要给他补充几个战士，杨铁锅坚决不同意："绝不能抽调战士补充炊事班，这样会影响连队的战斗力，我能够担起来。"连长含泪答应，连队也实在无兵可抽调了，经长途转战，全连不足二十人。

那夜，由于劳累过度，加上淋了雨，杨铁锅发起了高烧。后半夜，杨铁锅拼尽全力起身，要为大伙烧开水，却发现连长弓着腰在烧水，再仔细一看，火蔓延出了石头砌的灶，连长却没有反应。

杨铁锅走到跟前，发现连长满脸通红，头上冒出豆大的汗珠，杨铁锅一摸额头，烫手。

"连长，连长……"杨铁锅抱着连长呼喊着，连长却没有回应。

战士们惊醒了，纷纷围了过来："连长，连长……"

连长微微睁开眼，用微弱的声音对杨铁锅说："给我……舀点……水……"

一个战士连忙从锅里舀来热水，还没有走到连长跟前，只听扑通一声，连长倒下了。

天亮了，战士们喝过连长生前烧的开水后又出发了。

杨铁锅默默背起铁锅，摇摇晃晃地跟上队伍。

一天又一天，每当宿营时，战士们照旧喝上热水。

国共合作时期，红二十八军改编为新四军第四支队，要提拔杨铁锅带兵打仗，被杨铁锅婉言拒绝："我不识字，干不了大事，就让我当个炊事兵吧。"

就这样，杨铁锅一直就是炊事班班长，新兵补充了一茬又一茬，连长换了一任又一任，队伍转战了一省又一省，杨铁锅还是炊事班班长。

"二蛋。"杨铁锅闻到了一丝丝焦煳味,他叫着一个炊事兵的名字。在炊事班,他从不叫炊事兵的大名,只叫小名,他觉得这样叫着顺口,听着亲切。

二蛋应了一声,仍往灶里塞柴火。

"火旺了,压一压。"多年的炊事员生涯,杨铁锅能够捕捉到别人闻不到的异味。

"是吗?我咋闻不到。"二蛋说。

"你小子属猪,鼻子不灵。"杨铁锅开着玩笑说。

这时,一个小个子炊事兵跑了进来,可能是太紧张,想说什么却说不出来。

"柱子,不急,慢慢说。"杨铁锅安慰道。

"团、团长来了。"柱子说。

杨铁锅连忙扔了烟卷,用脚踩灭,拍打着身上的灰尘。虽然他是老兵,但他懂得礼仪。

王战进门,向杨铁锅敬礼:"老班长好!"

"哎哟,王团长,不敢不敢。"嘴里虽这么说,杨铁锅心里乐开了花,在队伍里,很多比团长还大的官见了他都向他敬礼。

"我和廖书记来看看还缺什么?"王战说。

廖成向前走一步,诚恳地说:"老班长,我们地方党组织做得不够的地方,你多批评。"

杨铁锅领着王战和廖成在屋子里走了一圈:"啥也不缺,你看,这是大米,这是面粉,这是猪肉……足够了!"

王战说："这次战斗中，要让大家伙吃好。"

"放心吧，团长。"杨铁锅说，"战士在哪里，我们就把饭菜送到哪里。"

四

1945 年 4 月 14 日。

薛计村，津浦路的野战指挥部。

总指挥一手叉腰，一手端着茶杯，这种姿势在作战地图前保持了半个小时。延安方面和军部都同意作战方案。作为这场战役的最高指挥官，他深感肩上担子的沉重。

参谋长汇报着部队目前所在位置："4 月 13 日晚，四旅调集周家岗以北地区隐蔽集结待命。14 日下午，五旅、七旅向指定的作战地点开进。四旅在富旺集一带布防，阻击东西和梁园方向来援。"

"这一仗，四旅是关键。"总指挥语气很严肃。

"四旅报告他们已按原计划完成部署。"参谋长说。

"具体些。"总指挥的目光仍没有离开作战地图。

"四旅各部的部署是：十一团主力在富旺集以东陈家集构筑工地，一个营在上河家构筑阵地，对南及东南警戒，阻击由高亮集方向来援的顽军；十二团在富旺集以西、陈家洞做好战斗准备；十团二营守富旺集，团主力在孟庄等待战机。"

"五旅、七旅呢？都到达指定位置了吗？"

"五旅今天晚上以十五团一个营和独立团包围王子城，由王战统一指挥……"

"等等。"总指挥的目光从地图上移到参谋长脸上，"你刚才说，王战的一个营已到王子城？"

"是的。"参谋长肯定地说。

"王战的部队不是在张兴垅集九连塘一带吗？"

"他们已于昨夜悄悄穿插到王子城外围。"

"一个营几百号人，"总指挥还是不放心，"一夜穿插十五千米，还能做到不暴露，可信吗？"

"可信！"

"沿途少说也有 20 个村庄，即使能瞒得了敌人的眼线，这些村庄的狗叫也会惊动敌人。"

"报告总指挥，这些情况王战他们都想到了！"

"啊……"总指挥放下手中杯子，但手仍按着茶杯盖子，"他们管得了人，还能管得了狗？"

"这次廖成领导的县委立了大功，廖书记召集沿途党组织负责人，叮嘱党员和地方武装，严密监视地主恶霸等可疑人物，并要求群众确保自家的狗不发出叫声,所有养狗群众给狗戴了套子，有的群众以防万一，干脆把狗杀了！"

总指挥按杯盖子的手微微颤抖，说："根据地的老百姓太好了，为了革命，一声号令，他们就把一切都舍出去了。"

"老百姓杀狗，狗肉舍不得吃，无一例外都送给部队。"

"付钱了吗？"

"付了，都按价付了，他们不收，我们就送上门直到他们收下为止。"

总指挥说："革命成功的那一天，我们要在黄瞳庙建一个碑，不，还要修一个纪念馆，让老百姓这份情千秋万代传颂下去……哦，参谋长继续说。"

"五旅的一个营埋伏在殷集，保证两翼安全。"

"殷集？"总指挥又来到地图前。

"对。"参谋长的手指在一个位置，"就在这，距古城、龙山、鸡鸣桥都很近。"

"要确保殷集绝对安全，做到万无一失。"总指挥一字一顿地说。

"总指挥，难道师长……"

总指挥点了点头："是的，师长把指挥部前移到那儿，不过师长的病这几天反复发作，我们已多次请求他返回师部指挥战斗。"

"啊？！"参谋长半张着嘴，这个顶级机密，他不知道也是正常的。但他仍感到意外，那些接连不断发出的指令居然不是来自黄花塘而是来自近在咫尺的殷集。

"师长总算答应，战斗打响前，他回到盱眙，我估计该动身了。"总指挥问，"七旅呢？他们是预备队，行动不能早也不能晚。"

参谋长："七旅将于明日拂晓开到陈集西南，阻击向广兴集、鸡鸣桥逃窜的顽军，并截断其退路。

"另外四分区除十八团两个营包围唐井，一个营归七旅指挥，其余各部加十二团一个营、五旅特务营分为械、中、右三个部队坚守工事。

"七师部队将在战斗打响后、顽军主力北调时，积极向东及东北移动，并接应南下的三师独立旅。"

总指挥揭开茶杯盖，轻弹漂浮的茶叶，茶水已经凉了，他猛喝几口，然后将杯子啪地按到桌子上，发出铿锵指令：

"我命令，按原计划向王子城发动攻击！"

<h2 style="text-align:center">五</h2>

其实，在总指挥发出命令之前，王子城的战斗已经悄然打响。

王子城的战斗是从护城壕开始的。

护城壕可谓是王华槿的杰作，他在王子城地区多年，自知作恶多端，想取他项上人头的遍地都是。为此，他每年都要以防土匪的名义抓两件事：一是加固城墙，二是深挖壕沟。

原先的城墙用夯土建成，王华槿常年强迫数十个交不起租子的穷人夜以继日地超负荷干活，用干打垒分层夯实土层。这种夯土结构的城墙对付冷兵器还可以，但随着王华槿势力变得强大，他便从浮槎山开采石头，后来觉得耗时耗力耗财，干脆大肆拆除周边人家的祠堂，秦砖汉瓦、石鼓等统统成为建筑材料，将圩子建得固若金汤。

为拒敌于城外，王华槿深挖护城壕沟。说是沟，宛如河，宽约六米，水深能没过头顶，从高处或远处望，河流伸展十二千米长的两臂把城圩对抱在怀里。一条干渠通向滁河，滁河水源源不断地补充护城壕。

王子城的圩堡，墙高五六米，很难攀爬。圩子开了东西南北四个门，因为迷信说法，北门常年封闭，其余三个门非常宽大，两扇门打开能过大车，用铁链锁起来，仅可一人通过。为了应变，王华槿堵死了东西北三个城门，仅剩南门通行，一座坚固的吊桥成了唯一的通道。而这些天王华槿感觉到了不妙，吊桥高高竖起，与外界断绝联系，不进不出，一味固守等待时机。

要打下王子城，必先破了护城壕。

护城墙上枪眼密布，护城壕上有任何风吹草动都会招来一阵乱枪。

王战和廖成召集"诸葛亮会"，商议对策。

有人提议，在护城河上架设浮桥。

这个提议很快被否决：架浮桥要抵近圩墙，必然会弄出大的动静，免不了惊动缩在圩墙内的敌人，无异于送死。

又有人提议，派水性好的人趁夜潜入护城壕埋放炸药。

经讨论这个提议也被否决：即使不被敌人发现，即使炸药经过保护不至于弄湿，但圩堡的墙根是浮槎山的大块石头垒成的，严丝合缝，炸药根本没有安放的支点，即使引爆，对圩墙也起不到破坏作用。

廖成默默地听着大家的商讨，虽然你一言我一语很是热闹，但总没有一个行之有效的办法，便点拨道："护城壕之所以为护城壕，是因为壕沟内蓄满了水，如果没有水，干沟一个，就失去它应有的作用。"

王战赞同："对，我们能不能把护城壕的水抽干？"

"啊？！"

大家惊讶，议论纷纷：

"这个想法太离奇了。"

"王华槿的护城壕建成之后就没断过水。"

"是啊，王华槿曾夸口说：'要想我护城壕水干了，除非滁河干了。'"

"滁河！"王战一拍大腿，"有办法了！"

廖成问："王团长你想出办法了？"

"护城壕的水不是从滁河引来的吗？"王战说。

"没错啊，"一个白胡子老汉说，"我还挖过沟哩，挖了一个冬天，王华槿半斤米也没给。呸！"

王战问白胡子老汉："大爷，周边有多少沟渠通往护城壕？"

白胡子老汉捋了捋白胡子："那可数不准，护城壕的水一半来自滁河，一半来自雨水。"

"那就好。"王战吁了一口气。

廖成打趣道："王团长，瞧你的高兴样，跟捡了金元宝似的，有办法啦？"

"何止捡了金元宝，是捡了座金山。"

"快给大伙儿说说，有啥克敌制胜的招数。"

屋内人都望着王战。

王战笑着说："廖书记，我说的金山可是你啊！"

"我？哈哈，穷光蛋一个，要不是你们东乡人成全我，把小宣嫁给我，我还不知道打多久的光棍呢。"廖成的话把大家都逗乐了。

"我们根据地有几百万拥护我们的群众，岂不是金山？"王战说道。

"你把我绕糊涂了。"廖成给王战的杯子加满水，"你说，县委该做些什么？"

王战呷了一口水，说："我们可以这样，首先切断护城壕的水源……"

廖成抢着说："这个不难，县大队派一个小队即可完成。"

"动员王子城地区的群众，把护城壕的水抽干。"王战喝光杯子里的水。

"啊？！"大家发出惊叹声，"可中？"

白胡子老汉从凳子上站起来，连声说："中，中，我看中，我还晓得护城壕有几处涵洞藏在水底，我把它们凿穿。"

王战一把握住白胡子老汉的手："谢谢你，大爷！"

"谢啥呀，打王华槿，我这条老命还有用，死了都值。"

廖成请战："王团长，我们呢？"

"你马上发动群众把村里所有的水车集中起来，架到通向护城壕的沟渠上，连日带夜抽水，直到抽干为止。"

"好。"廖成信心满满，"放心吧，我这就开县委会，布置下去。"

四月的夜晚，天上布满一闪一闪的星星，月光幽幽地照在乡间小路上，时而明，时而暗，像在变魔术。田野里虫鸣唧唧，蟋蟀吟唱，风儿小步奔跨于树叶之间，发出沙沙声响。

廖成带着县大队的一个小队，摸上了滁河水闸，向守闸人亮明身份，说明了来意。

守闸人不仅没有反抗，反而连连作揖："谢谢啊，谢谢你们啊，老天终于开眼了。"

原来这么多年，王华槿无偿使用滁河水，没交一个铜板的水费，还强制向他们征收抗旱费、排涝费。雨季来临，为避免圩堡受涝，不许放水，而夏天王子城地势较高，百姓亟待抗旱时，王华槿逼迫他们开闸以确保护城壕水位，稍作迟疑，便会招来拳打脚踢，甚至牢狱之灾。

守闸人二话没说，放下了水闸。

王战带着两个班战士配置一挺机枪，护送白胡子老汉从纵横交错的田埂下敏捷地跃到一个土堆后面，这里是射击的死角。

王战观察了一会，向身后一招手。

白胡子老汉压低声音，却依然听出话语中的坚强："我老汉今年六十多岁了，总算活出一点人样了。"

王战从挎包里摸出一瓶酒，塞给白胡子老汉："大爷，喝几口，驱驱寒。"

白胡子老汉一仰脖子喝了一大口，夸道："好酒！好酒！"

"那就多喝几口。"

"不了，"白胡子老汉把酒瓶还给王战，"给我留着，活捉了王华槿再喝。"

没等王战回话，白胡子老汉伏下身子，贴着地面，爬到壕沟边，悄无声息地潜入水中。

望着月光下水面上的波光，王战心存感动，他装好酒瓶，心里说："大爷，胜利之日，我与你共饮此酒。"

六

一颗颗小星星闪烁着光芒，辛勤的蜜蜂和蝴蝶归巢了，鸟儿收起疲惫的翅膀躲在树丛、草垛中。

仿佛听到一声号令，田野上人影绰绰，他们三五成群，肩抬着沉重的长形木器，在夜幕下无声而快速地行走，先是一两群，继而三四群，越来越多，从不同的村庄、不同的方向，汇聚向同一个目标：王子城圩子。

在距离圩子三五百米外，人影停下来，卸下肩上的重物。他们分工明确，动作熟练地组装起水车来。

这是一种江淮分水岭常用的水车，又叫翻车，乡下人必备的提水灌溉工具。水车长约一丈，车前部有一个凹槽，里面架设一块行道板，这块板比挡板稍窄一点，上面是大小两个轮轴，行道板下有可以活动的龙骨，大轴两头有四根拐木。使用时，人站在架子上用脚踩动拐木，龙骨便会旋转带动行道板一上一下汲水上埂。这种翻车既可以伸向塘底，又可以将水汲到三丈以上的高度，只要农田离水源不远，都可以通过翻车进行灌溉。如果相邻几家合力汲水，效果将更加显著，可以达到"日灌十亩，足以济旱"的程度。

王战和廖成走村串户，发动群众，一呼百应，百姓受苦久矣。王子城地区是一块隆起的土地，十年九旱，即使大旱之年，土地干裂，灌浆的稻子嗷嗷待哺，但护城壕的水总是满满当当，可谁也别想舀一瓢水。时下正是春种时节，田垄急需水播种，有共产党和新四军撑腰，免费使用护城壕的水，群众干劲冲天，纷纷走出家门，加入汲水的行列。

白花花的水顺着水槽一溜小跑流入了农田，在土生土长的农民眼里，这哗哗流淌的不是水，而是油，是饱满的稻子，是沉甸甸的银子，是一家人的温饱幸福啊！

水渠和田边的青蛙从梦中惊醒，沐浴清澈的河水，兴奋地唱起歌来：呱——呱——呱呱！

汲水的汉子们脱光了上衣，任凭凉丝丝的晚风在他们健壮的身上抚弄，他们快乐极了，有个汉子情不自禁地小声唱起车水歌谣：

> 一上车来把车摇
> 我问车心牢不牢
> 栎树提子作树拴
> 木子树叶把水担

邻近的人听到歌声，立马响应，他压低了嗓音：

> 二上车来脸朝东
> 东面有个杨气公
> 七个儿子八只虎
> 两个女儿赛蛟龙

在田埂上巡查的廖成听到歌声连忙制止："乡亲们，尽量别出声，当心敌人开枪。"

话音刚落，啪的一声，王子城的圩堡上响起了枪声，寂静的夜空中枪声格外刺耳。忙在兴头上的乡亲们慌了手脚，有的将头缩到田埂下。

"趴下，乡亲们快趴下。"廖成疾呼，"乡亲们，不要怕，先停下，保护好自己。"

啪！又响起了第二枪。

这第二枪是王战打的，为了确保乡亲们的安全，王战挑选枪法好的战士分成十几个小组，分布在圩堡的东西南北四个方向，密切监视圩墙上的一举一动。当天晚上圩堡里值班的是王华櫂手下的小头目王二更，小名二狗，他坐在墙上打盹，隐约听到歌声。他睡眼惺忪望着远处的田野，若隐若现看见几个人影，为了壮胆，随手开了一枪。他这一枪暴露了自己的位置，引来王战派出的神枪手的反击，一枪打中他的耳朵。当王二更正准备开第二枪还击时，不远处传来一个熟悉的声音：

"王二狗！"对面的暗处传来骂声。

王二更斗胆伸出脑袋问："你、你是哪个？"

"我是你效荣二爷！"

"啊，二爷。"王二更听出来了，是村里的王效荣，未出五服的二叔爷，还是村小的老师，"二爷，这么晚了，你们干吗？"

"王二狗，想保命就别吭声，新四军的枪可长着眼睛呢。"

王二更摸摸滴血的耳朵，乖乖地说："二爷，我听你的，我啥也没看见，啥也没听见，麻烦你老人家转告四爷，刚才王二更眼睛长到裤裆上了。"

"二狗。"和王二更一起值班的黑蛋被枪声惊醒，王二更的话他听得清清楚楚，他们是同村的。

王二更正愁火没地方发，甩手一巴掌打在黑蛋脸上，骂道："二狗是你叫的？"

黑蛋眼冒金星，赶紧纠正："王班长，向王大队长报告吧。"

"报告个屁，外面都是我们村的人，你不回家了？"

"你这是与新四军串通。"黑蛋被王二更打了耳光窝着气，自以为抓住了他的把柄。

"是黑蛋吧。"圩堡外有个苍老的声音在喊。

"你是哪个？"黑蛋冲着暗处嚷道，"有种站出来。"

"我是你大。"

"大！"黑蛋听出了是他父亲，"大，黑灯瞎火的你跑来干吗？"

"黑蛋啊，你当这个熊兵，大在村里都抬不起头了，你就让我省点心吧！"

黑蛋听明白了，新四军在有组织地开展活动，他们运用最擅长的群众工作，动员周边群众加入围攻王子城的战斗。

王华槿定滁合边"剿共"司令部第一大队的几百号人马，很多都是本乡本土的打断胳膊连着筋的乡亲，当王华槿的兵，既能抵除"两丁抽一丁"的兵役，不用离乡背井，还可以照顾家中老小，农忙时回家帮着种瓜种豆，还能领一份虽微薄但还算稳定的薪水，这在贫穷的乡下，不失为优选的职业。于是，亲戚引荐亲戚，朋友关照朋友，彼此都沾亲带故，平时也走动走动。

县委充分了解这一情况，把在王华槿手上当差吃粮的人登记造册，搞清他们的家庭成员，党员和骨干分头挨家挨户宣传党的政策，让为王华槿卖命的人不要与新四军作对，不要一条道走到黑。为了能更好地完成任务，党组织动员王华槿手下的人的亲属到前沿来，攻心为上，关键时刻果真发挥了作用。

黑蛋无话可说了。

王二更踢了他一脚："你不牛吗？你的牛劲呢？还咋咋呼呼的。"

黑蛋涨红脸求饶道："二狗哥，不，王班长，叙起来你是我表叔，就当我放了几个臭屁行了吧。"

七

当王二更开出第一枪时，王华槿还是吃了一惊，半夜三更枪声打破了夜空的宁静，显然有些瘆人。他一个激灵，本能地伸手去枕下摸枪。他自知作恶多端，血债累累，活着在人间死后到地狱，都会有仇家寻仇，平时枪不离身，四个卫兵贴身护卫，晚上睡觉都把手枪压满子弹塞在枕头下。他如惊弓之鸟，随时准备一搏。

可他的手还没摸到枕头，就被另一只洁白粉嫩的手按住了，这只纤纤细手，仿佛有着神奇的魔力，让王华槿霎时间失去力量。

这只手是才娶的五姨太小红的。

小红原是八斗大戏院的当红花旦，身段袅袅婷婷，扮相俊美，歌喉甜美，王华槿见了一次就走不动路，魂被勾走了。这小红本是江南人，走江湖卖艺，本性贪图荣华富贵，戏班之主巴不得在当地找一个靠山，便从中牵线，年近半百的王华槿抱得美人归。

小红二十出头，正当青春年华，荷尔蒙旺盛，王华槿虽贪恋小红胴体，可心有余而力不足。每当夜幕降临，小红便催促他上床，几番操作下来，已是气喘如牛，大汗淋漓，昏昏欲睡。

"老爷……"小红嗲声嗲气，王华槿的"不作为"，不但没能满足她，反而使她欲火焚身。

"宝贝，我得去看看，这几天风声紧。"

"嗯啊。"小红的玉臂紧缠着王华槿的脖子。

王华槿魂丢了，一翻身又进入作战状态。

小红娇声微喘，王华槿枯木逢春，骨头酥了。

这时，王华槿听到第二声枪响。他猛地一紧张，疲软了，又伸手摸枪。

小红嘤嘤哭泣。

"宝贝，等等我，我去去就来。"

小红哭得梨花带雨，说："我对老爷以身相许，看中的是老爷的大丈夫气概，谁知你这脑子……我这个弱女子尚且晓得，倘若有大事，必定枪声大作，怎么会有零星枪声？况且也没有当班人前来报告，老爷分明是搪塞我……我命好苦啊，呜呜……"

王华槿想想小红说得也对，间断两次枪响，何必大惊小怪，白天黑夜响几枪还不是家常便饭？如果不是这几天新四军动作不断，几声枪声他早见怪不怪了。

于是王华槿又搂着怀中的佳人及时行乐。

黎明时分，院门被拍得震天响。

咚咚咚……

擂门的是牛登峰，他敞着上衣，提着盒子枪，气急败坏地擂着门："王大队长，王大队长……"

折腾了大半夜，王华槿带着疲惫也带着满足进入了梦乡，因为"耕作"辛勤，他睡得死沉死沉的。

"王大队长，王大队长！"

牛登峰和几个狐朋狗友打了一个通宵的麻将，昨夜的枪声他也听到了，当他起身取挂在墙上的枪时，被朋友拦住了。

"牛大队长，干吗去？"

"枪声，有枪声，我得去看看。"牛登峰把牌往副官手里一放，说，"让副官替我一会，我去去就来。"

"不中不中，不能换人。"

"牛大队长，赌场的规矩，换人如换财啊。"

"是啊，你如果坏了赌场的规矩，今后怎么混？"

牛登峰手气正好，哪舍得离场？前几天，他得到一个高人的真传：亲手用泥捏一个小人，烤干后放置在床头，在泥人下压一块大洋，每天摸三次泥人头，边摸边默念："我要发财，我要赢钱。"愿望成真后打碎泥人，重新捏一个，再继续默念，财运赌运就会旺起来。牛登峰按高人的指点做了，果然手气大好，逢赌必赢，眼看着财源滚滚，牛登峰哪还有心思带兵？不分白天黑夜，赌得天昏地暗。

在众赌友的劝导下，牛登峰半推半就，把枪重新挂到墙上，然后坐到了天门。

……

王华槿披着衣服趿着鞋，骂骂咧咧地把门开了一条缝："谁呀，大清早叫魂啊……啊，牛大队长，你……"

"王大队长，不、不好了……"牛登峰挤进屋里。

半裸的小红惊叫一声缩到大红被子里。

"这么惊慌，出了啥事啊？你倒是说呀！"

牛登峰张口结舌，见王华槿一头雾水，一把拉着他往外城墙方向走。

"你，牛大队长，我衣服还没穿好呢。"

牛登峰一言不发，抓着王华槿的手不放松。

"老牛，你疯了，快放开我！"走到半途的王华槿这才发现，情急之下，他竟穿了一只小红的软底鞋，手被牛登峰攥得紧紧的，回去换看来已是不可能，只好将错就错了。

一路上，行人纷纷躲避，他们不晓得这一山不能相容的二虎，今天是哪根筋不对了，竟然亲密地手拉手在街上并肩走。

牛登峰虎着脸，一句话不说。王华槿也就不问了，他心中忐忑，肯定是出了大事，不管是什么大事，反正不是好事。他跟着牛登峰，急匆匆走过大街，拐过小巷，登上圩墙。由于焦急，牛登峰脚上的那双军皮靴不小心踩到了王华槿的脚，王华槿痛得龇牙咧嘴，放在平时，少不了一顿破口大骂，此时，他连骂人的心情都没有了。

登上圩墙，牛登峰松开手，他不说话，抱着头蹲在地上。

王华槿一看傻眼了：一夜之间护城壕的水不翼而飞，干涸见底了，鱼在糨糊般的浊水中垂死挣扎，螃蟹慌慌张张地寻找庇护之所，泥鳅则十分欢快，在泥浆里打着滚。

王二更和黑蛋的腿抖得像筛糠。

"咋回事？"王华槿发出野狼般的低吼。

牛登峰头都没抬，指了指王二更和黑蛋，然后依然抱着头。

王华槿双眼通红，他的目光移向王二更和黑蛋，吼道："你俩当班？"

"啊，啊……"王二更的魂早飞走了。

黑蛋浑身哆嗦，点点头，又使劲摇摇头。

他俩也真不知道满满的沟水怎么说没就没了，昨晚觉得异常，不过心想无非就是村民偷点鱼杀杀馋、偷点水救救秧苗，自有上游滁河水源源不断地补给……东方既白，两人从梦中被查哨的牛登峰踢醒，傻眼了……

牛登峰赌了一个通宵，天亮时他打着哈欠准备到岗哨转一圈就回去睡觉，登上圩墙的瞭望塔，不看不要紧，一看吓一跳，再看魂散了，顿时睡意全无。

王华槿心里清楚，这又是新四军的杰作，抽干了壕沟水，护城的作用就大打折扣了，而接下来，新四军必是会出张大牌——攻城。他对自己的实力知根知底，那几百个兵，吓唬吓唬老百姓还行，与新四军对抗，那是高粱秆子担水——挑不起来。

尽管有桂军一个团的兵力，但也是嗓子里撒胡椒面——够呛。

王华槿嘴都气歪了，脸上的麻子变成了红疹，众所周知，这是王华槿动了杀机的先兆，他猛地从牛登峰腰间抽出驳壳枪哗啦顶上火。

王二更害怕了，跪地哀求道："王大队长，大爹啊，饶我一命吧，看在我妈妈的分上……"他与王华槿平辈，哪敢称兄道弟，平时叫叔爷，现在为了活命又自降一辈。

黑蛋吓得说不出话，裤子都尿湿了。

王华槿气不打一处来，骂道："你们两个是猪脑子啊，坏了我的大事。"一扣扳机，黑蛋应声倒下，吭都不吭一声。

王二更见状，撒腿就跑，腿再快也没子弹快，随着一声清脆的枪响，他跌向圩墙，双手死死抠住砖缝，不让自己倒下。他的双眼望着蓝天下的田野，昨夜他的母亲声音来自的方向。

王华槿毫不留情地又开了一枪。

"妈……"王二更吐出一个字，一头从圩墙栽下，重重地倒在抽光水的壕沟中，上半个身子直挺挺地站着。

王华槿余怒未消，把枪口指向天空射光所有的子弹，把空枪扔给牛登峰，转身扬长而去。

王华槿恶狠狠地骂着。

牛登峰松开抱头的手，他呆住了，他听说过王华槿杀人如麻，也见识过王华槿对老百姓和新四军手段残忍，但王华槿杀自己的手下眼都不眨，他还是第一次见到。

牛登峰的手在抖，他生怕杀红了眼的王华槿朝自己开枪。

第七章

一

抽干了护城壕里的水，等于让王子城少了一道防护网，裸露的沟底经过几个日头暴晒，渐渐板结了，进攻时放下木梯，沿沟底铺上白板，即形如平地。

不过，又一个难题摆在王战面前：王华槿借鉴了日伪军对新四军苏中一带"清乡"中的习惯做法，在王子城的周围构筑了大量竹篱笆，用铁丝固定作为封锁线，放出话恐吓说篱笆上有电。

篱笆封锁线不破坏，部队就不能有效展开。

王战、廖成凑到一起开会想办法。

会场在白胡子老汉家，担任主攻任务的尖刀连连长李勇和谭华围着一张方桌召开"诸葛亮会",桌子缺了一条腿,用砖撑着。研究了半天,也没有想出一个好办法。

白胡子老汉叫左贵,在护城壕放水时潜入水底一夜捅开了七八个涵洞,立了大功。他烧了一壶开水,给每人倒了一碗,然后退到一边闷着头抽烟,一条小黄狗依偎在他的脚下,亲昵地蹭着。

王战紧锁眉头,踱着步,问:"王华槿恐吓说篱笆上通电,是否真有电?"

谭华说:"都这么说,谁也没见过。"

李勇说:"乡下人恐怕不晓得啥子叫电吧。"

廖成说:"对,我们要先摸清是真还是假。王华槿很狡猾,说不定其中有诈。"

李勇问:"怎么摸?要不我带头先闯一闯。"

王战截住李勇的话头,说:"不要莽撞,要避免不必要的伤亡。"

左贵扔了纸烟屁股,开口说:"王团长、廖书记,我有办法了。"

王战额上的眉舒展开了,问:"大叔,快说说看。"

左贵拍了拍小黄狗说:"该我家小黄上了。"

到了晚上,月亮在云层里忽隐忽现,左贵牵着小黄快速向王子城靠近,李勇带着几个战士紧紧跟在后面。

到了篱笆墙不远处,一行人猫着腰一小步一小步靠近。

李勇说了声："大叔，开始吧！"

左贵应着，伏下身子，手搂着小黄狗，匍匐到篱笆墙跟前，他拍了拍小黄狗，小黄狗懂事地伸出舌头在主人的脸上舔着。

突然，左贵猛地将小黄狗向篱笆墙内丢去，小黄狗划了一道弧线，越过篱笆墙重重地摔在地上。小黄狗被摔痛了，它不明白一向慈祥的主人怎么下起了狠手，恐惧地汪汪叫着，从篱笆墙里往外钻，用爪子扒，用嘴咬。

李勇和他的战士端着枪，紧张而机警地注视着四个方向的动静。

小黄狗终于钻出篱笆，扑到左贵怀里，委屈地叫个不停。左贵与小黄狗脸贴脸，又是拍，又是哄："小黄别难受了，你为新四军出力了。"

李勇示意左贵先撤，他和战士们伏在草地上继续观察，四周除了回声一点杂音都没有，他们这才松口气撤回了村庄。

李勇把过程向王战、廖成做了汇报，参加行动的战士们做了补充，于是大家热烈讨论起来：

"如果篱笆上有电，小黄狗为什么没被电死？"

"狗叫得那么凶，敌人为什么不开枪？"

"这篱笆墙是纸老虎，吓唬人的。"

篱笆上有电的鬼话被一只狗戳穿了。

篱笆网沿线有岗哨，也有巡逻队，但这几天新四军调来大队人马攻打王子城的消息不胫而走，小股的敌人龟缩在圩子里，夜里根本不敢外出。王华槿枪杀王二更和黑蛋，给士兵心里蒙上了一层阴影，派到值班站岗的人，扔下枪就开了小差，开了小差或许有条生路，不开小差即使不被新四军打死，也可能会成为王华槿的枪下亡魂。

王战趁热打铁，李勇带领尖刀连，廖成带领县大队和王子城区中队，二百余人组成浩浩荡荡的拆除中队，带着稻草、麦秸和火种声势浩大地出发。尖刀连六挺机枪走在最前头，随后是三个排全副武装的战士和摩拳擦掌的地方武装，走在最后的是扬眉吐气的群众。到达王子城外围时，迅速占领制高点，架好机枪，严密警戒。

左贵走在群众方阵的前头，因屡立功绩，他被县委批准加入中国共产党。他换了一身干净的衣裳，胡子刮得干干净净。小黄狗见主人精神抖擞，撒着欢在前面引路。

拆除队各就各位，沿着一字长蛇阵的篱笆墙放好点火工具。

廖成大手一挥："同志们，烧！"

篱笆烧着了，火乘风势，风助火威，大火借着风力迅速蔓延，形成一条火龙在丘陵上跳跃，竹子在火中发出噼里啪啦的声响，恰似爆竹声。声音惊动了四邻八舍，他们拿出过年时没舍得放的鞭炮一一点燃，串串鞭炮声把喜庆的信息传播给千家万户。"开门炮"在空中爆炸，发出砰的一声巨响，在燃放过程中，释放出大量烟雾；"蹿天猴"先在地上旋转，越转越快，然后冲天而起，如一只忙活的小鸟在烟雾中盘旋……

丘陵上像过年一样热闹。

老百姓早就恨透了绵延数千米的篱笆墙，它阻碍了交通，阻挡了亲友之间的往来，阻断了水系，自家的地明明在屋前不远，却因篱笆墙的阻隔要绕很远的路。王华槿称"篱笆墙是防共需要，辖区内的老百姓捐资修建"，岭上人家本来税赋就重，修篱笆墙无疑雪上加霜。建成后，王华槿称之为"军用设施"，人畜皆不可触碰，无论大人、小孩还是牲畜，如果"破坏军用设施"，以"通共"论处，轻则罚巨款，重则丢命。

战士们和老百姓的脸红扑扑的，露出了胜利的喜悦。

王华槿接到报告，心急如焚，前两天护城壕沟水被抽干，护城作用大打折扣，这一次又烧了篱笆墙，使得王子城圩堡再无屏障。

他急令手下：两个中队兵分两路前去扑灭。还没到现场，新四军的火力压得他们抬不起头来，他们心里清楚，自己根本不是新四军的对手，胡乱放了几枪，掉头跑回王子城。

情急之下，王华槿求助于驻军黄振雄，他话还没说完，就被黄振雄噎住了。

"王大队长，我早就跟你说过，那一道篱笆墙根本起不到作用，烧了就烧了吧。"

王华槿抱着话筒说："黄团长，你的部队骁勇善战，你们一出马，定能灭灭新四军的威风。"

"王大队长，别给我戴高帽了，"黄振雄直接拒绝，"说不定新四军在半途设下埋伏，等我们上钩呢。可不要上了新四军的当啊。"

"黄团长……"

"王大队长，我部的任务是固守王子城等待战机，你还是抓紧收缩兵力，在王子城内排兵布阵吧。"

"可是……"

"执行命令。"没等王华槿说完，黄振雄挂断了电话。

二

王战火烧火燎地赶到王子城前沿阵地时，工事已被敌人的炮火炸得稀巴烂。

桂军在王子城城墙之外，修建了大大小小几十个或明或暗的地堡和壕沟，他们利用强大的交叉火力拒新四军于王子城之外，但新四军和当地民兵组织早就侦察得一清二楚。随后爆破组、工兵组、掷弹组前赴后继，炸得敌人哭爹叫娘。就在部队强攻时，城墙里的敌人将92步兵炮隐藏在戏台后面，利用它的10度至75度特殊射角，使用"隔山打牛"的办法，对我军阵地进行轰击。炮兵隐蔽，且火炮位置难以发现，就算被发现，我军没有射点，也打不着它。

王战下令："停止进攻！"

作战参谋江大水急得直冒汗，他满脸灰土还夹着血，不知是敌人的还是自己的，他不解地问："停止进攻？团长，我们好容易突击到这里，停止进攻岂不是前功尽弃？"

"你这样鲁莽地冲锋，不知还要牺牲多少战士。"王战说着，举着望远镜仔细观察敌情。

王战手里的望远镜与一般的望远镜不同，制作工艺优良，出瞳直径大，光学性能好，适宜在低照度条件下观测。

只见王战不断调整望远镜焦距和角度，为观察得更精确，他的半个身子露出掩体。这时，天空中划过一道刺耳的响声，李勇大叫一声："卧倒！"整个身体扑在王战身上，一发炮弹在附近爆炸，掀起一股气浪，碎石、污水铺天盖地。

王战几乎被土埋住了，望远镜仍然牢牢握在手里，他推推李勇："喂，李勇，没事吧？"

尖刀连连长李勇从土里探出身，他一边拍打灰土，一边调侃："敌人学艺不精啊，一根毛也没伤着我。"

王战一只手用力拍了一下他的肩膀，感激地一笑。

"嘿嘿。"李勇报之一笑，"团长，你瞅了半天了，瞅出啥门道没？"

王战放下望远镜，没有正面回答他的话，吩咐道："炮班呢？调上来。"

李勇说："团长，调掷弹筒？那可是你宝贝啊，你舍得？"

"好钢用在刀刃上，现在到了用它的时候了，此时不用，更待何时！"

江大水向不远处的一个高地喊道："掷弹筒，集合！"

十几个战士动若脱兔，从高地猫着腰背着掷弹筒和弹药箱快速来到王战所在的掩体内。

"报告团长，炮班集合完毕，请指示！"

王战扫了一眼，六门掷弹筒整齐地摆在面前，脸上露出久违的笑容。

这六门掷弹筒可是王战几年攒下来的家当。抗战期间，新四军装备落后，三分之一的战士没有枪，上阵靠梭镖、大刀等冷兵器与日军肉搏，缴获一支三八大盖就是稀罕物了，更别说掷弹筒了。

掷弹筒说白了其实就是轻型迫击炮，非常轻便，易于携带，改进型九八式掷弹筒也不过 4.7 千克，只比步枪略重，而且弹药也不重，一梭炮弹 820 克，炮手可以轻松背着掷弹筒和弹药，伴随步兵一起行动，随时提供火力支援。

战斗中，新四军冒着鬼子的炮火前进，前赴后继，许多战士倒在炮火之下。王战对掷弹筒恨之入骨又爱之弥深，在与日军的多次作战中，他都想方设法缴获掷弹筒，有时为了一门掷弹筒，有意不用手榴弹。得到第一门掷弹筒是在繁昌保卫战中，王战抱着发烫的掷弹筒爱不释手，手被烫破一块皮也没在意，他虚心向老兵学习如何使用，再毫不保留地传授给战士……几年积累下来，"特务团"三个营加上特务连都设立了炮班即掷弹筒班，而掷弹筒何时可以参加战斗、参加几门、打几发炮弹都由王战决定。

日军掷弹筒结构简单，连瞄准器都被简化了，实践中的俯仰和方向调整，主要靠射手的两只手。要想精准命中，只有用瞄准线进行概念瞄准，因此作战中，只有经验丰富的射手才能充分发挥其作用，而要精确瞄准，就离不开可以测距的九二式望远镜。

"有多少炮弹？"王战蹲下身子，抚摸着发条炮筒问道。

"7发。"李勇答道。

"多少？"王战重复问。

"7发！"

"怎么这么少？"王战脸上的笑容消失了，"不是再三让你省着点用吗？这些炮弹全靠缴获日军的，打一发少一发，你真是个败家子！"王战连声低吼。

李勇不作声，装作认真听取训导，还不住地点头，似乎很认同王战对自己的训斥，他了解团长的脾气，你越反驳他的火气越大。

说着说着，王战话锋一转："算了，也不能怪你，谁让我们穷哩？今后注意，不到关键……"

"团长你说得对，我保证不到关键时刻不开炮。"李勇马上接过话。他心里想：团长，你好健忘啊，我虽然是尖刀连连长，可哪次开炮不是你下的命令？

王战心里知道责怪李勇是没有道理的，可临战状态，炮弹寥寥无几，他焦急啊！于是他假装大度地挥一挥手，就算过去了：

"准备发射！"

李勇故作糊涂问："请问团长，现在打几发？"

"怎么啦，李连长，蹬鼻子上脸啦？"王战沉下脸，"不就这仨瓜俩枣，还问啥？"

"嘿嘿……"李勇摸着后脑勺，憨憨地笑着。

三

王子城的圩堡内早就炸开了锅。

这些天新四军主力包围王子城的消息像风一样传播到圩堡的每个角落。老百姓早就受够了桂军和王华槿的压榨，拖儿带女，拥出圩外，投亲的投亲，靠友的靠友，留下来的都是有商铺、商行等资产的有钱人，他们知道一旦离开，那些多少年积攒的产业就会被抢劫一空。桂军虽说是国民党军，可那德行比土匪好不了多少，他们强买强卖、走私贩毒、敲竹杠打秋风司空见惯，百姓稍不顺从，他们就持枪威胁，上行下效越发恶劣，搞得天怒人怨，老百姓说"宁愿鬼子来烧杀，不愿桂军来驻扎"。至于王华槿和牛登峰，他们本就是匪，他们从汪伪政权和国民党顽固派两方面领军饷，着黄灰两种颜色的军服，即官即匪，亦伪亦顽。王华槿常自吹道："新四军是强龙，压不住我这条地头蛇。"

王华槿本来阻止老百姓出圩，认为动摇军心，何况关键时刻还能拿老百姓做盾牌，但遭到黄振雄的反对。黄振雄说，新四军势必会对王子城形成合围，至于围多少天不得而知，而这些老百姓要吃饭就要有粮食和物资，不如放他们走，也好减轻守军负担。

新四军连续出了两记重拳：第一拳是让护城壕沟底朝天；第二拳是让数千米的篱笆墙灰飞烟灭。这两拳兵不血刃，但对守军的心理打击是极其沉重的。

现在，新四军几个满员的营和地方武装将王子城围得水泄不通。

黄振雄站到圩墙上，即使不用望远镜，也能清楚地看到穿着灰布军装的新四军和穿老百姓服装的游击队不停地调兵遣将。

王子城守军从上到下如热锅上的蚂蚁。

王华槿半蹲着身子，努力让探出的身子暴露得少一些，姿势像个蛤蟆。他举着望远镜，不停地调着焦距，豆大的汗珠从眼罩下滴出来。

"别看了，王大队长。"黄振雄打心眼里瞧不起这个地主恶霸，"赶紧回到你的大队部吧，那里比较安全。"

王华槿听出了黄振雄的揶揄之意，他已顾不上面子了，用哀求的口气说："黄团长，你就可怜可怜小弟我吧，派你的人马出击一下，打击打击新四军的气焰。"

"王大队长，你不是职业军人，不懂得军事，新四军明摆着已布好阵势，此时出去等于送死。"

"那……用炮火压制一下总可以吧。"

"那也不行，我的炮排还要隐蔽待命，一旦开炮就可能暴露方位，引来新四军的攻击。"黄振雄振振有词。

黄振雄肚子里那几根花花肠子哪逃得了王华槿的眼睛？说到底就是不愿意，他要保存实力。

黄振雄虽号称有一个团，实际上勉强有两个营，包括没有作战能力的辎重、卫生所、交通等。

在国民党军队里，"吃空饷"已不是什么秘密，黄振雄听说过一段逸事，足见国民党军队腐败到哪种程度：

1943 年夏天，国民党军政部长何应钦看到兵役署程泽润提交的兵役报告，暴跳如雷，他指着程泽润的鼻子怒气冲天地说："自民国二十七年（1938）实行新兵役法起，至民国三十一年（1942）止，全国（不含东三省）所征壮丁近 1200 万，其中四川最多，约 220 万人应召入役，河南、湖南两省次之，约 150 万人，其余各省应召出征者百万或几十万不等，好！好！好！既然你们兵役署工作如此出色，那我问你，各战区的司令官为什么天天发报找我要人？据我所知，全国民党军队人数包括警察在内也不过 700 万人，就算加上伤亡，充其量不会超过 950 万，除在民国二十八年（1939）以前服役的士兵，这几年总共补充兵员不过 500 万，剩余 700 万到哪里去了？"

面对何应钦连珠炮般的质问，程泽润的脸一下变得煞白。

仅仅四年，竟有数百万抗战壮丁神秘失踪，就算是人口买卖也不该出现这么庞大的数字，这里面隐藏着什么秘密呢？

秘密？哪有秘密！只不过是国民党政府上下沆瀣一气，佯装不知罢了。

国民党的征兵依靠当地保长、甲长来办理，而在广大的农村，保长、甲长职位都被当地流氓恶霸所把持，他们平时尚且鱼肉乡里，何况再给他们生杀予夺的大权？有钱人家可以用金钱贿赂他们免去兵役，如果无钱无势，那么就算第一年侥幸逃脱，第二年他们会以各种借口继续派这家的壮丁，直到榨干一个家庭所有的钱财为止。什么"三丁抽一，五丁抽二"，在他们眼里统统都是敛财的障眼法，老百姓不信，他们更不信。

壮丁被抓以后，一般先关在乡公所，那时乡公所都有地牢，壮丁五六十人挤在地牢里。

来接兵的军官就算来了也是两手空空，士兵的服装被褥等物资都被他们在路上卖了换钱，或赌博，或喝花酒挥霍一空了。

带兵的便找乡公所或辖区商借费用，如果不借，他们就拒绝收兵。

一方不借钱一方不收兵，可苦了地牢里的壮丁，地牢阴暗潮湿，鼠疫横行，时间一长自然大量壮丁染病死了，死了就直接被埋了。

即使侥幸过了接兵这一关，送兵这一关也是"黄泉路"。来接兵的军官用长绳把壮丁捆成一串，由长官持枪押运赶往省城。壮丁们身无御寒之衣，肚无果腹之物，又经历过地牢摧残，一旦遇到连绵大雨，就倒毙无数。

长官熟视无睹，反正死得越多，自己捞得越多，到了管区，只要以逃兵上报，也不会被追责。

有胆量的壮丁趁夜出逃，抓回来就是死；没有胆量的壮丁只能苦熬，熬不住生病了，不是被枪杀就是活埋，反正也是死。

壮丁们即使活着进了军营，也并不意味着他们的处境有多大改善，因为等待他们的还有残酷的封建军阀制度培养出来的"人间活阎王"，闯不过这一关，结果还是一个死。

军官吃空饷，也不是秘密，司令、军长、师长等高级军官明目张胆地吃空饷，导致部队严重缺编。

中下级军官主要的经济来源就是克扣军饷，国民党军的士兵一个月甚至几个月领不到军饷是正常现象，就算按时发了也只有规定的五成，不会足额发的，那最底下的班排长，就压榨底层的士兵，无所不用其极。

反观新四军，官兵一致，从军长到伙夫穿一样的服装，吃一样的伙食，官兵之间一律平等，他们"打土豪，分田地"，深得老百姓的拥护。他们的部队只管打仗，不管后勤——后勤都由老百姓承担了：送军粮、运伤员、做军鞋……他们踊跃当兵，"吃菜要吃白菜心，当兵要当新四军"，一人当兵全家光荣，戴着大红花，骑着马，敲锣打鼓送到军营。

想到这些，黄振雄不由得叹了口长气，然后又倒吸了一口凉气。他有过到乡公所接兵的体验，也有过按惯例吃空饷和克扣军饷的亲身经历，他一边干着腐败的勾当，一边为党国的命运忧心忡忡。

王华槿六神无主。

牛登峰垂头丧气。

黄振雄想，这两人在八斗岭地区可谓坏事做绝，罪大恶极，万一战败，自己可以当俘虏，而他们连当俘虏的资格都没有。新四军会召开一个控诉大会，搭建一个唱戏的台子，让受苦受难受压迫的老百姓走上台，一把鼻涕一把泪地控诉他们的罪恶，然后控诉大会变成审判大会甚至刑场，当场宣布死刑，就地枪毙。

仗，还要他们打下去，黄振雄便给他俩打气："二位，不要愁眉苦脸，凭王子城坚固的圩墙，凭我五一一团优良的装备，新四军想吃了我们还没那么容易。何况，我已电告师部李本一师长速派援军。新四军这一次动了血本，看上去来势凶猛，但我们不要被吓倒，梁园、古河都有我军主力，可望又可即，蚌埠、南京的日军与我有互不侵犯的约定，新四军不可不腾出防备的力量。只要我们坚守三天，哦，不需这么久，一天就够了，援军就会对包围王子城的新四军来个反包围，到那时鹿死谁手还不一定呢！哈哈……"

黄振雄被自己的畅想打动了，他手舞足蹈，俨然已是得胜将军。他的鼓动不能说没有影响力，王华槿、牛登峰顿时像打了鸡血进入兴奋状态，阴霾一扫而光。

四

古河镇，一八四团团部。

胡在海拿着电报，如拿着一张烫手的烙饼。电报是李本一师长签发的，字不多：命令你部，即刻驰援王子城。字越少，越重要，胡在海能够掂出电文的分量。

1939年9月8日夜，新四军二团在团长王必城带领下，在陈巷桥伏击日军。王必城一面以一个连作"围点"之势向大墅日军据点展开猛烈佯攻，逼迫他们向常州城内日军求援，一面在陈巷桥伏击日军增援部队。当时，日军正准备集中兵力向江南根据地进攻，临时中断行动，掉转队伍向西夏墅进发。晚上11点左右，第一辆日军汽车闯到新四军设置的障碍面前，车子紧急刹车，后面的卡车也只好接二连三地停下来。正当日军纷纷跳下车搬动障碍物时，王必城在土埂后一挥驳壳枪："打！"一颗颗手榴弹从天而降，随着震天撼地的爆炸声，多辆卡车同时燃起熊熊烈火……此战持续40多分钟，可谓速战速决，歼灭200多名不可一世的日军，缴获大批武器装备。

1943年8月9日，新四军二十七团决定攻打日军叶场据点。他们不仅出动正规部队，还动员地方武装和群众共2500多人，切断叶场据点对外的一切联系。两天后，三条S形壕沟距据点不足百米，且壕壕相连。8月12日晚，新四军向叶场守敌发起猛攻；13日拂晓，魏集据点日伪军向叶场据点增援，当进入伏击圈后，被歼灭大部；14 日，叶场日伪军从西门突围被打回，连续两天，四次突围均被打回据点；15 日，魏集日伪军 100 余人企图强行夺路给叶场运送粮草，被新四军打援部队消灭；16 日，250 多名日伪军由睢宁县城向叶场增援，出城即被游击队袭扰，沿途不断遭到县大队、区中队和民兵开展的"麻雀战"，筋疲力尽，当进入新四军主攻地时，守备部队以猛烈火力射击，骑兵二连回撤至敌后，使得日伪军腹背受敌，惊慌之中，日伪军将炮弹装倒了，炮筒爆炸，日伪军遭重创；17 日，新四军由西北、东南两个方面发起进攻，断粮缺水的叶场守敌惊恐万分，无心恋战，被一举歼灭。

……

"报告！"门外有人喊道。

胡在海的思绪被打断，他并没睁眼，他在想，如果遵照师部命令驰援王子城，这一路上不知哪块山冈、哪块农田、哪个村庄就是自己的墓地，新四军必定布好了局等着自己往里面钻啊。明明是条死路，驰援是死，抗命也是死，如何才有活路啊！他想劝说李本一放弃王子城，收缩兵力，寻找机会与新四军主力作战……这个念头刚一闪现就打消了。李本一不是吃素的，他久经沙场，尤其与新四军摩擦多年，对新四军的战术了如指掌，不会没想到新四军"围点打援"，之所以明知山有虎，偏向虎山行，定有他的苦衷，或许他是将计就计，如果此时建言献策，显得比李本一高明，到头来只会自找难堪。

"报告。"门外的声音更大了，可能等的时间长了，不耐烦了，更自报家门，"报告胡团座，卑职柏承君求见。"

柏承君？听到这个名字，胡在海打起了精神，脸上的忧虑一扫而光，暗忖：怎么把他给忘了？便朝着门口喊道："请进！"

第十游击纵队司令柏承君一只脚刚跨进屋，胡在海上前一把握住他的手，连连说："哎呀，柏兄，可把你盼来了，快请坐！阿毛，上茶！"

柏承君有些受宠若惊，作为正规军上校团长，胡在海何时对地方武装这么客气过？

阿毛端着茶盘。

胡在海接过一杯，揭开杯盖，生气道："阿毛，你怎么办事的？不是跟你说过，招待贵客要用浮槎山云雾茶？"

柏承君想客气几句，胡在海已发话："重泡。"

"是。"阿毛轻手轻脚地退下去，重新泡好茶端上来。

"柏兄请。"胡在海说，"这是清明前的茶，浮槎山云雾茶，顾名思义，产自浮槎山云雾缥缈的山巅，为尖茶之极品，其外形两叶一枪芽，扁平挺直，自然舒展，具有坚固牙齿、提神健脑的功效，当地人赞扬为'一两黄金一两茶'。柏兄请。"

柏承君喝了一口，也没喝出特别的味道，但连连称赞："好茶，的确是茶中珍品。"

柏承君不是本地人，也不是广西人，而是辽宁辽阳人，民国二十一年（1932）跟随同乡和县县长刘广沛，任卫士班班长。不久，刘广沛送他到安庆省军事教育团受训，结业后返回和县任壮丁训练队队长。民国二十六年（1937）冬，和县县城沦陷，他杀死县长赵永智自任团长，以抗日之名招兵买马，抢钱抢枪，盘踞于南京姥桥一带，无恶不作，同年被五区专员兼保安司令赵凤藻改编，讫至民国三十四年（1945），历任国民党皖东地方部队第十纵队支队长、副司令、司令。他依仗手下有千人之众，骄横跋扈，疯狂屠杀共产党人和抗日民众，抢占抗日民主根据地。在他的纵容下，其部属热衷绑票、走私贩毒、强买强卖，人神共愤。凡属他的防区，商不能旅，农不能耕，民不聊生，怨声载道。

胡在海瞧不起柏承君这些地头蛇，借抗日和"清共"之名滥杀无辜。

柏承君凶残至极，他常说，不杀不能建威。杀人是他称霸皖东的唯一手段。就在民国三十三年（1944），为了与桂系争权，柏承君炮制了震惊皖东的"古河惨案"，又称"皖东大屠杀"。他利用古河区委书记司宗彝叛变，指使特务队长逮捕了全椒县国民政府录事李伦才、《皖东日报》编辑张如柏以及全椒、和县、含山、巢县、定远、肥东等县青年400余人，这些人中少数人是中共党员，大部分是普通民众。柏承君将他们关押在大队部所在地邱家花园。经严刑逼供，把李伦才定为中共全椒县委书记，其余人也分别被定为组织部长、宣传部长、支部书记、团委书记等。邱家花园是柏承君审讯"人犯"的最大"法庭"，四周筑有高墙，碉堡密布，柏承君及其部属在这里对关押人员进行疲劳审讯，使用多种酷刑，如皮鞭抽、夹棒夹、钉指甲、坐老虎凳、挂石锁、灌辣椒水，无所不用其极。打手的咆哮声和受刑者的惨叫声交织在一起，邱家花园简直成了阎罗殿。柏承君视担保金的数量判定"犯人"罪行等级，足够多的可以无罪释放。当年7月，柏承君亲自押运"人犯"至独山脚下和巢县方山大洪岭分批杀害。他杀人都是秘密的，"人犯"家属从不知死者中有无自己的亲人，只好到刑场上翻看，有的事后才知亲人尚在狱中……这次皖东血案，死难者100多人，受牵连者不计其数。

柏承君不分青红皂白杀人如麻以及他不胜枚举的贪腐行为引起了社会各界的共愤，安徽省政府一度派出专案组调查柏承君的犯罪事实。在高人指点下，柏承君求到胡在海，胡在海慷慨伸出援手，他面陈省政府要员张义纯（曾任省政府主席），阐述柏承君虽过度杀人，但也并非空穴来风，所杀之人或是新四军探子，或是共产党嫌疑人，其中虽不乏冤案，但也符合蒋委员长"宁可错杀一千，不可放过一个"的"剿共"准则。何况在历次与新四军作战中，柏承君都身先士卒打头阵，为党国为桂系立下了汗马功劳，加之柏承君通过其他渠道活动和打点，调查竟不了了之。自此之后，柏承君视胡在海为"割头不换"的好大哥。

"大哥，"感念胡在海的救命之恩，私下里柏承君对胡在海以"大哥"相称，"小弟已知大哥的难处，愿为大哥赴汤蹈火，在所不辞。"

"承君啊，难得你对我如此忠心。"胡在海流露出感动的神情，他两只手放在柏承君的肩膀上，就差拥抱了，"其实大哥早就想到你，只是不好讲……"

"大哥放心，你的事就是我的事，无论于公还是于私，小弟愿唯大哥马首是瞻。"

"兄弟，坐下说！"胡在海收回搭在他肩上的手，拉着柏承君的手，"坐下说！"

"大哥请坐着说，小弟站着听。"

胡在海并没坐下，他握着柏承君的手，用力摇了两下："那我就直说了，兄弟啊，大哥遇到难题了。"便把来龙去脉说了一遍。

听了胡在海的话，柏承君笑道："我当是什么天塌地陷的大事呢，不就是与新四军开战嘛，又不是没打过。大哥你说，需要我怎么做？"

胡在海吞吞吐吐道："我想……请兄弟打头阵。"

"这些年，我没少杀新四军和共产党，他们早已对我恨之入骨，用他们的话说，我这双手沾满了人民的鲜血。"柏承君伸出双手自我解嘲，"我也该下地狱了，十七层与十八层没什么区别。"

"兄弟不愧为一条汉子，我将向军部为你请功。"

柏承君笑笑，笑得有些凄惨，说："啥功不功的，能不能活着回来还难说，要有功劳都算大哥的。"

"兄弟……"胡在海被感动了，声音有些哽咽。

"啥时出发？"

"事不宜迟，你回去准备一下，两小时后开拔。"

"我马上回去组织部队。"

胡在海挽留道："你就用我的电话给部队下发指令，我们兄弟俩喝一杯你再走。阿毛。"

阿毛应声而上："到！"

"把我珍藏的那两瓶包公酒拿出来，我……"

"大哥，酒且留着，如果我活着回来，定与大哥一醉方休；如果我死了，请大哥洒在我坟前。"

"兄弟啊！"胡在海没控制住自己，一把抱住了柏承君。

五

太阳渐渐落下地平线，它努力把最后一抹余晖洒向大地。天空中的云朵被太阳灿烂的光辉染成了耀眼的金色，装扮着火红色的天空。

连指导员王庆和连长刘强从团部开会回来，战士们呼啦啦站了起来，从连长和指导员严峻的脸色和匆匆的脚步中，战士们感觉有仗要打了。

连长吼道："全体集合！"

全体战士迅速列队站好。

指导员王庆说："同志们，王子城战斗已经打响，据可靠情报，国民党第十游击队将于今夜从古河增援王子城守敌，团长命令我连，作为团的尖刀连，立即出发，于晚上10点之前抢占上何集，阻击敌人援军。"

刘强有力地挥动手臂说："我们是一支光荣的连队，在红二十八军时就是尖刀连，打了无数场硬仗恶仗，取得了无数次胜利，那么这次我们能让敌人的阴谋得逞吗？"

"不能！坚决不能！"回答声响彻云霄。

王庆凑近刘强悄声说："大家还没吃饭呢，你看……"

刘强说："敌人可会给我们吃饭的时间？饭做好了吗？"

"做好了。"王庆往旁边冒着热气的几只木桶一指，"你看，都盛在桶里了。"

"同志们，盛上饭边走边吃。"

刘强说着，径直走向木桶，他舀了一碗米饭，放在挎包里。

王庆也舀起一碗倒进挎包里。

战士们依次一人挖一碗放到衣兜里。

看到战士们一个个生龙活虎，坚决服从纪律，刘强心里涌起一股暖流，他默默地说："多好的战士啊！"

100 多号人，迅速前行。

夕阳的余晖下，一把把刺刀闪着寒光……

六

上何集位于王子城东 10 余米处，是王子城的屏障，也是敌人增援王子城的必经之地。

战士们到达上何集时，已是深夜 10 点。宁静的夜空中，满天的星星眨巴着小眼睛，俯瞰着大地上的万事万物。

没有时间休息，战士们飞快地挖着战壕和掩体，每个战士都明白一个硬道理：时间就是胜利。

刘强和王庆检查着每个人的工事和弹药。

用不着号令，一进入战斗位置，战士们就开始挖掩藏身体的散兵坑，他们都懂得"工事挖一尺，命就大一丈"这句军事格言。

每个指战员根据武器射向要求，构筑直射、侧身子斜射、倒身子倒射和高射工事，根据抗御敌人火力的不同要求，修建露天、半掩盖和掩盖式的射击工事。大多数人在挖单人掩体，即散兵坑。铁锹、木棍、石块……都派上了用场，几乎没有人说话，只有挖土声和微微的喘气声。

老兵带新兵，干部帮战士，他们在与时间赛跑，他们在与死神决斗。

刘强和王庆转了一圈，满意地笑了。

游动哨位传来报告："连长、指导员，敌人离我只有两里地了。"

刘强拔出枪，跳进掩体。

王庆跟着跳下去。

刘强说："指导员，我俩不能窝在一块，一发炮弹下来，一块光荣了，部队谁带？你去指挥所。"

"连长，我在这阻击敌人，你去指挥所。"

"别争了，老伙计。"刘强搋了王庆一拳，"你忘了我们的分工，我是军事主官，战场上你听我的。"

"这……"

"你的任务也不轻啊，随时与团部保持联系，必要时代我指挥。"

"别说丧气话，不吉利，我走还不行吗？"王庆又跳出掩体，说了声保重，迅速向指挥所走去。

天亮了，阴暗的云彩遮住了太阳，没有风，草木似乎凝固了。

"轰隆——轰隆——"

猛烈的炮火劈头盖脸而来，幸亏连夜挖出的工事将战士们妥妥地保护起来，基本没有造成伤亡。

柏承君和参谋长江丙乾站在遮天蔽日的大槐树下，举着望远镜，只见炮火连天，掀起的销烟将大地全覆盖了。

连续炮击 20 多分钟，新四军阵地没有任何动静。

江丙乾放下望远镜，恭维道："柏司令真是用兵如神，我们天亮发起进攻，先用炮火开打，新四军善于夜战，优势就没有发挥的余地。"

柏承君得意地笑道："我与新四军交手多年，他们那点花花肠子岂能瞒得了我？我估计，面前只是新四军的小股先头部队，而主力尚未就位。"

江丙乾谄媚道："柏司令实在是高啊，我们是不是也派一队人马冲上去？"

"不，"柏承君说，"杀鸡就要用宰牛刀，而不能用添油战术。"

"你的意思是……"

"传我命令：部队全部压上去，消灭这股新四军，再用他们的工事回歼他们的后援部队。"

"好！"江丙乾扯着公鸭嗓喊道，"弟兄们，前面的新四军没几个人，司令有令，给我冲啊！"

炮火逐渐减弱。

刘强望着伏在掩体后面的战士们，他们一个个手握钢枪，盯着前方。刘强大声说："敌人马上就要进攻了，准备战斗。"

果然，前方出现敌人的身影，一排长喊道："连长，敌人上来了。"

刘强嘱咐道："沉住气，放近一点再打。"

敌人越来越近了，二百米、一百五十米、一百米……

"连长……"一排长望着刘强，等待他下命令。

"再放近点。"刘强理解一排长的心思，"先用手榴弹招呼。"

一百米、八十米……能清晰地看到敌人的面目：眼睛、嘴巴、眉毛。

"打！"刘强冲着一个军官模样的敌人招手就是一枪，对方应声倒下。几乎同时，一颗颗手榴弹如长翅膀的小鸟，呼啸着直扑敌群。

敌人顿时血肉横飞，抱头逃窜。

"怕死鬼！"柏承君大怒，毙了两个逃窜的士兵，他举着冒烟的枪，凶狠地说，"临阵脱逃者，格杀勿论！"

江丙乾嚷道："弟兄们，不要怕，新四军只有一个连，冲上去，升官发财的机会到了。"

溃败的队伍转过身，畏畏缩缩地往前冲。

"司令，"江丙乾献计，"依我看，我们不能硬冲，不如兵分三路，一路由正面强攻，一路向北插去，一路向南迂回。"

"好主意！不愧为我的参谋长。"

受到柏承君赞扬，江丙乾不由得得意起来，但柏承君很快又说："你带队从正面进攻。"

"啊……"江丙乾半张着嘴，望着柏承君，以为自己听错了。

"难道还要我说第二遍吗？"柏承君扬了扬手枪。

江丙乾了解柏承君的脾气，杀人不眨眼，他连忙应道："好，好，卑职遵命。"

柏承君哪里知道，刘强、王庆早有准备，南、北方向正是二排、三排阵地。

柏承君更不知道的是，我军主力部队正以急行军的速度迅速张开一张网，以上何集为中心四下撒开。刘强的尖刀连埋伏在中间。

刘强派出通信员，将敌情报告给了指挥所的王庆。

江丙乾躲在一个身材高大的士兵后面，不断鼓励："弟兄们，上啊，打死一个新四军赏大洋五十。"这个狡猾的狐狸，他悄悄地跟在向南插进的队伍中，避开正面火力。

敌人离阵地只有七八十米了，或许为了壮胆，他们没命地向二排阵地放枪。

二排长忍不住了，说："指导员，打吧！"

王庆向他摆了摆手，说："放近了再打，敌人还不晓得我们的底细，不能过早暴露。"

二排长还想说什么，王庆指向江丙乾："你看到了吗？那个人……"

江丙乾在几个大高个士兵后面闪来闪去，他挥动手枪，不停地比画。

"那是他们的指挥官。"二排长看出来了。

"干掉他，有把握吗？"

二排长是红二十八军手枪团的优秀狙击手，在团长林维先的带领下打过无数次恶仗，曾创造过一枪打死三个匪兵的纪录。他将驳壳枪插入腰间，从战士手里接过一支三八大盖，瞄了瞄，自信地说："没问题。"

"好，打死他，敌人就会自乱阵脚。"

江丙乾胆小怕死，恨不得贴到士兵的后背上。二排长瞄准士兵，砰的一声，士兵倒下，就在江丙乾愣神之际，又一发子弹直接命中他的脑门，他哼了一声，便倒地不起。

"同志们，打！"

一枚枚手榴弹飞向敌群，一颗颗子弹像长了眼睛射向敌人，敌人乱作一窝蜂，死的死，伤的伤，剩下的卧倒在地沟里顽抗。

王庆一面指挥，一面向敌人射击，突然，一颗罪恶的子弹打中了他的胸口，鲜血渗透了他胸前的衣服。

"指导员！"二排长扑了上来，抱住王庆，喊道，"指导员，指导员！"

王庆吃力地睁开眼，艰难地说："冲……冲……"话没说完，他就永远地闭上了眼睛。

二排长擦了一把泪水，端起枪大喊："为指导员报仇，冲啊！"说完便跃下了战壕。

战士们如下山猛虎冲向敌阵。

江丙乾一死，敌人群龙无首，本来就不战自乱，看到视死如归的战士杀过来，争相逃命。

柏承君从望远镜里看到，上百号人被三四十个新四军追得狼狈不堪，气得大骂："蠢猪，真是蠢猪！炮兵连，给我轰！轰！轰！"

一串刺耳的响声由远而近，二排长头脑一下子清醒了，他听出来这是炮弹与空气摩擦的响声，这样蛮冲下去，等于敌炮的活靶子，他当即命令："停止进攻，返回阵地。"

进攻北面的敌人同样受到三排的顽强抵抗。

三排阵地上硝烟弥漫，熏得战士们睁不开眼。

三排长的腿受了伤，他不声不响地从上衣上撕下一块布条勒住伤口，忍住剧痛，投入战斗中。

战斗打得十分惨烈。

柏承君气急败坏，眼前明显是小股新四军，居然有着如此强大的战斗力。为了从正面撕开条口子，柏承君拼了，他脱下上衣，光着膀子端起一挺机枪，对天对地一阵乱放。畏缩不前的士兵见状，只好硬着头皮往前冲。柏承君心里焦急万分：队伍在此受阻，不要说解王子城之围，待新四军的增援部队赶到，上千号人马就会被"包饺子"。

敌人如潮水般涌上来，后面就是杀红了眼的督战队，退后必死，前进尚有生的可能。他们像群发疯的野兽，脚步践踏之处，扬起一阵阵沙尘。

密集的枪弹中，战士们接二连三倒下。

因失血过多，三排长脸色像白纸一样苍白，但他依然挺立在指挥员的岗位，一枪一个敌人，直到打完最后一颗子弹，流尽最后一滴血。

他手握钢枪，身子直挺挺的，眼睛瞪着前方。

三排长牺牲了，失去指挥的阵地显得有些慌乱，枪声渐渐弱了。

敌人大叫："他们没子弹了。"

"新四军快死光了，弟兄们，上啊！"

"升官发财的机会到了。"

"他们没子弹了，抓活的！"

稀落下来的枪声仿佛给这些乌合之众打了鸡血，他们佝偻着的腰直了起来，肆无忌惮地边冲锋边射击。

没有命令，全排仅剩七八个战士聚在排长身边，他们紧紧相拥，每人手里握着一颗手榴弹，谁也不说话，只用坚毅的眼神在交流：宁死不当俘虏！

三排长毫无血色的脸上似乎露出了血丝，他默认了战友们的决定。

他们毅然决然地拧开手榴弹盖子，拉出了导火索。

一个年长的战士用沙哑的声音说："兄弟们，他们想抓活的，等他们围上来再拉，多带几个垫背的。"

敌人越来越近，近到能看到那一束束凶恶的目光，能听到他们焦躁不安的心跳声。

老兵抚着三排长低声说："兄弟们，准备上路！"

战士们毫不畏惧地说："上路！"

千钧一发之际，冲锋号响起了，千军万马像是一下子从地里冒出来，东西南北到处都是喊杀声，塘埂、村庄……到处都是穿灰色军衣的矫健的身姿。

老兵兴奋地说："兄弟们，援军到了，我们不用上路了。"

没人下命令，他们手中的手榴弹腾空而起，一齐扔向近在咫尺的敌群。

突如其来的打击使敌人魂飞魄散，他们有的扔下枪，有的抱着头，撒腿就跑，生怕跑慢了被子弹追上。

排山倒海的喊杀声传来，柏承君仿佛从云端掉入了万丈深渊。

"顶住，不许撤！"柏承君的嗓子叫哑了，却没有一个人听他的。他举枪接二连三打死逃命士兵，让他想不到的是，居然没有一个士兵回头望一眼，似乎被打死的不是一个士兵，而是与自己毫无关系的小猫小狗。

柏承君明白了什么叫兵败如山倒，他已无力阻止各自逃命的士兵，更无法组织有效的反抗。

"杀呀！"

"优待俘虏，缴枪不杀！"

"活捉柏阎王。"

柏承君意识到此次行动彻底失败，该给自己找条活路了，否则，一旦当了俘虏，结局必定是：开审判大会，成千上万群众赶集似的从四乡八邻聚来，村中间搭建一个宽大的审判台，被他迫害致死的人的亲属纷纷上台揭露他的罪恶，他们义愤填膺，一把鼻涕一把泪地控诉着，然后从怀出掏出剪刀、菜刀、锥子，在自己身上胡乱砍呀戳呀，而台下的群众纷纷扔来石块……最终的结局惨不忍睹。

柏承君越想越怕，他脱下军装，从一具死尸上扒下服装，顾不得衣服上浸满血污，也不管合不合身，迅速穿上。他走了几步，又发现脚上的马靴不合适，赶紧脱下来扔到一旁，赤着脚猛跑。

一个士兵与他擦肩而过时，竟没忘记恭恭敬敬地敬礼："司令！"

柏承君很吃惊，他想，手下的人大都认识自己，万万不能落到新四军手里，否则死路一条。

哐当！柏承君被什么硬物撞了一下，本能地骂了一句："没长眼啊！"

"对不起，司令。"是个伙夫，背着一口硕大的铁锅，黑漆漆的锅底有几个枪眼，看来这个伙夫是把铁锅当作盾牌防身，所以宁愿负重也不舍得放下。

柏承君计上心来，一扣扳机结果了那个伙夫，可怜的伙夫至死都不明白为什么仅撞了一下司令就引来致命一枪。

柏承君解开他身上的大铁锅，侧扣在一小块凹地上，再紧缩身子缩在铁锅之下……

日本投降后，柏承君被整编调固镇驻守，民国三十六年（1947）初，全椒、和县部分被害者家属和地方人士向南京国防部控告了柏承君借"剿共"之名，草菅人命，滥杀无辜，罪行累累。南京当局迫于压力，将柏承君逮捕入狱。新中国成立前，经家人奔走疏通，使用黄金贿赂，柏承君得以逍遥法外。柏承君出狱后投靠驻屯溪的安徽省流亡政府主席张义纯（肥东县长临河人），进入了省保安司令部。解放军渡江后，柏承君随张义纯逃亡台湾，任台北市八里乡民众服务馆馆长，1981 年在台北市被汽车撞死，算是恶有恶报。

七

天蒙蒙亮。

牛登峰和他的部下一夜未合眼，个个没精打采，像犯了烟瘾的鸦片鬼。

牛登峰眼冒金星，四肢乏力，头晕脑涨。他用力按了按太阳穴，按了半天也没缓解。他舀了一瓢凉水，直接浇到头上，从头淋到脚，疲倦与痛苦仍然挥之不去，再看那些士兵，怀里抱着枪东倒西歪似睡非睡，哈欠连连，鼻涕口水接连不断。

连续三个晚上了，牛登峰简直就是在受煎熬，他后悔一时头脑发热充当大头鬼。那天，他亲眼看见王华槿杀了王二更和黑蛋，眼皮眨都不眨，他领教了王华槿的残暴，便自告奋勇到前沿战斗，主要是为了远离王华槿，免得哪天自己一不小心成为枪下亡魂。

新四军白天攻城，火力凶猛，到了晚上也不安生，攻城部队撤到村庄休整，即由廖成组织的县大队，发动群众对王子城进行不断地骚扰。数百名背枪的民兵和不拿枪的群众趁着夜色摸过来，躲在子弹打不到的角落里又是敲锣又是打鼓，时不时地往铁桶里扔一串鞭炮，让炮楼里的人胆战心惊，不敢好好休息。新四军还发起了"青蛙战"，他们白天让儿童团到田间地头抓青蛙，晚上把一些刺激类的调料比如辣椒、胡椒什么的涂在青蛙的嘴边，再将青蛙扔进壕沟。受到刺激的青蛙彻夜鸣叫。这些声响短时并不让人觉得难以忍受，但几个小时后，如棒槌持续捣鼓着耳膜，咚咚的鼓点先使耳膜快被震裂，继而头部晕眩，再牵连到心脏失去了节奏，让人到了崩溃的边缘。

牛登峰忍无可忍放下吊桥，打开城门，向外冲击，还没跨过护城壕，黑暗中射来一颗颗子弹，只听见枪声，只看见自己人倒下，却看不见对手藏在哪里，子弹从哪里射出。牛登峰只好丢下一具具尸体，仓皇返回。

出去死路一条。

不出去，生不如死。

牛登峰陷入两难地步，他只穿一条裤衩，平白无故地大吼："啊——啊——"

士兵们起初惊诧于他的举动，听得多了便见怪不怪，有几个士兵学着他的样子吼叫："啊——啊——"吼完之后感觉好像轻松了一些。

天渐渐亮了，青蛙见了亮光，自然而然停止了鼓噪。

"大伙歇、歇会吧。"牛登峰疲倦极了，好不容易安静了，便吩咐大家歇息。但他话音未落，轰隆一声震天响，在圩堡上面炸起，墙壁和房梁上纷纷扬扬下起灰尘。

"咋回事？"牛登峰被炸蒙了，扯着嗓子问。

回答他的是一声又一声巨响，一颗颗炮弹落在圩堡的顶端和四周。

大地在摇晃，圩堡在颤抖。

几十个士兵像没头的苍蝇在驻地乱窜，炮弹一层层掀开房顶，震落的石块接二连三砸下来，伤亡不小。

牛登峰吓傻了眼。他本能地抓起电话打给王华槿："王大队长，新四军正向我发动猛烈攻击，请……"

"慌什么，牛大队长，你唯一的选择就是顶住！"王华槿明显带着威胁，"如果圩堡丢了，王子城还有八斗岭地区能有你的立足之地吗？牛大队长，你可想明白了！"啪地挂断了电话。

"王大队长，王……"牛登峰甩了电话，破口大骂，"王华槿，王大麻子，你是逼我走绝路啊。"

"轰隆！"又一发炮弹从射击孔钻进来，士兵不是被炸死就是被炸伤，圩堡里鬼哭狼嚎，如果不是一块门板挡了一下，一块落下的砖头将砸中牛登峰的脑门。

牛登峰惊魂未定，他想了想，还是颤巍巍地摇起了电话，这次接通的是团长黄振雄。

"报告团长，卑职牛登峰……"牛登峰带着哭腔。

没等牛登峰说完，黄振雄说："牛大队长，现在王子城四周都是新四军，每个防区压力都很大，我已向李本一师长发出求援电报，师座回复'梁园驻军殷吉方部正在向王子城集结'，你务必守住，务必守住！"

牛登峰差点哭了，可怜巴巴地说："团座，卑职恐怕等不到
援军来了。团座，请你伸出手拉卑职一把……"

"牛大队长，渡过此劫，你将是党国功臣，我将报请师部为
你记功。"话筒里清晰听见枪声和炮声。黄振雄急急忙忙撂下这
句话，挂了电话。

牛登峰失望了，他嘟哝道："爹死娘嫁人，各人顾各人啊。"
他愤怒地挂断电话，抢起电话狠狠地砸向地面，电话机顿时四分
五裂。

"牛大队长，新四军攻上来了。"

牛登峰三下五除二地解下皮带和上衣，赤裸上身，露出身上
张牙舞爪的文身。他抱起一挺机枪，架在射击孔，回头吼道："弟
兄们，谁都别装孬种，跟新四军拼了。"

八

"人都到齐了。"尖刀连连长李勇站在王战身边轻声说。

王战正对着作战地图出神，他放下手中的红蓝铅笔，说：
"快，请进来！"

王子城区委书记武工队长谭华与支前模范左贵，炊事班长杨
铁锅已在门口等了一会，听到王战的邀请，便走到了屋内。

"总指挥表扬了参战部队。"

李勇心花怒放道："要不是总指挥命令我们停止进攻，说不定我们已在王子城内唱大戏了。"

王战脸色一沉，批评道："李连长，不要犯轻敌的低级错误，虽然以我军的实力，攻下王子城不是什么难事，但也要最大限度地减少伤亡。"

李勇挠挠头，不好意思地笑笑。

王战继续说："根据总指挥部下达的指令，我们对王子城实行围攻。围攻围攻，既围又攻，既不能只围不攻，也不能一举攻破。何时攻，攻到什么程度，要掌握好火候。昨天，我们几乎完整地吃掉了柏承君的第十游击大队，总指挥部命令我们，进一步引蛇出洞，再吃掉敌人一个团。"

李勇问："团长，敌人能听我们调遣？"

王战说："我们就是要让敌人听从我们的命令。"

李勇吸了几口烟，说："王团长，你越说越玄乎，我快糊涂了，敌人怎么会听我们的命令？"

杨铁锅看出了端倪，笑而不语。他虽然只是一个埋锅造饭的炊事班长，但参军的时间长，耳闻目睹多位将领的指挥风范，早已成了"得道高人"。

"打个比方，"王战说，"王子城已被牢牢捏在我们的手里，我们只要一用力，黄振雄就会疼得大叫，而外围的敌人就会前来为他疗伤。"

王战点了谭华的名字："谭书记，你是本地人吧？"

"是的团长，我家在锻谭。"

"家里还有什么人？"

"没有了，父母都被王华槿逼死了，我是家中独苗，走投无路了，跟着新四军干革命。"

"等攻破王子城，这笔账向王华槿讨还。"王战眼里冒出火花，但他很快转移了话题，"你们区中队摸清王子城圩堡的情况了吗？"

"基本摸清了。"谭华叹了一口气，"比我们想象的要复杂得多。"

"再硬的骨头也要啃，谭书记你尽管说，说得越详细越好。"

"不能不说王子城的圩堡建得很专业，据说是黄振雄团长亲自设计和督建的，采用方法是就地挖坑，将挖出的土装入沙袋放在土坑边作为墙体，沙袋堆放时预留射击孔。土坑的深度可以达到人员的胸部。沙袋上方再加顶盖，敌人扒下了吴氏祠堂、王氏祠堂等多家祠堂的房梁作为支架，然后在支架上堆积沙袋。

"碉堡又分上下两层，每层都有各自的射击孔用来阻击不同方向的进攻，内部还用墙壁隔开至少两个独立的空间，以免在摧毁一个射击孔时导致其他武器连带损坏。

"射击孔为八字形，射梁 70—90 度，碉堡还设有 8 个贴近地面的射击孔，枪座用木材或砖土装设，弹药放在枪座右侧加宽部，掩盖前墙和射孔墙均用糯米加黑土砌成厚 80 厘米的墙体，后墙 50 厘米，隔墙厚 28 厘米。"

李勇起身给谭华的杯子里添满水，说："谭书记，你们的情报工作做得可真细。"

王战说："谭书记说说圩堡内守军及火力配备情况。"

谭华大口喝了几口水，说："我军正面的碉堡是整个王子城碉堡群中最大的一个，由牛登峰坐镇，守备兵力80多人，还有100多人的预备队。这些人分工明确，有指挥官、机枪手、射击手，甚至还有厨师，完全就是一个简化版的城池，配有轻重机枪8挺，弹药充足。

"侦察员还侦察到，由于我们区中队和群众连续几夜的骚扰，敌人疲惫不堪，士气大跌，怨声载道，战斗力急剧下降，另外牛登峰与王华槿的矛盾已接近公开化。"

"什么原因造成的？"王战插问道。

谭华轻蔑地笑道："他们两人都是大队长，但王华槿占尽地利，而牛登峰在定远骄横惯了，现在却像望不见家门口树梢的狗，时时事事看王华槿眼色，就连军饷也要低三下四求王华槿，私底下牢骚满腹，甚至酒后扬言要打王华槿黑枪，而这些话又传到了王华槿耳朵里，可想而知……"

"狗咬狗，一嘴毛。"王战鄙夷地说道，"谭书记，谈谈你们的攻打计划。"

谭华不好意思地说："王团长，我们地方武装平时打打地主，除除汉奸，都是小打小闹，从来没有遇到过这么大的难题。"

王战想想也是，便示意李勇："李连长，你有什么妙计？"

李勇唰地站起，满脸通红道："团长，我……我……"

王战摆摆手说："坐下说，坐下说，这是'诸葛亮会'，说错了也没有关系，放心大胆说。"

"我还是站着说吧。"李勇坐着浑身不自在，又站了起来说，"牛登峰在圩堡内部配备了射击极快的机枪，对我军形成了火力压制，再加上前些天，敌人拆除了圩堡周边的民房，消除了障碍物，地势空旷，毫无遮挡，所以我军极难到达碉堡附近，在这一情况下，我军可采取三种方式。

"第一种就是重型武器的炮火压制，通俗讲就是用炮轰，但我军缺少重武器，只有几门迫击炮，形成不了威胁，不过战士们刚研制出了可以平射的迫击炮，对着圩堡的射孔打，即使不能摧毁，也有一定的杀伤力。第二种就是一边利用火力吸引圩堡守军的注意力，一边组织敢死队抱着炸药慢慢潜伏到圩堡墙边，直接用炸药包将圩堡炸毁……"

王战立即否定："这是个笨办法，圩堡面前一片开阔地，战士们要接近圩堡必将付出巨大的代价，那可是几十条甚至上百条战士的生命啊！不行不行，这招不行，肯定不行！说第三种，第三种。"

"第三种办法是火攻……"

"不行！"王战打断李勇，"我军没有火焰喷射器，经射孔喷射烈火，还是要牺牲大量战士的生命……不行，你这个尖刀连连长尽出昏招。"

李勇摇摇头，摊开双手说："没有了，我说完了。"

"大伙都说说，有什么好办法，又能攻下圩堡，又能减少伤亡。"王战问道。

大家互相望望，却没人吭声。

杨铁锅含着烟袋，吧嗒吧嗒抽得有滋有味，两只眼睛眯成了一条缝，很享受的神情。

"老班长。"王战谦恭地喊着，对于杨铁锅，他除了尊重还是尊重，说话的语气也不像对待李勇、谭华，尽量压低语调。

"啊！"杨铁锅像是从梦中醒来，他将烟锅往鞋底叩了几下。

大家的目光都望着他，期待这个身经百战的老班长从经历的战斗中随手拣出一个战例。

"老班长，你喝水。"王战把自己的茶杯端给杨铁锅，嘴上说，"不急，你喝口水再说。"心里急得跟猫抓似的。

老班长接过杯子，却不喝，不紧不慢地说："王团长，我想起了当年跟高司令打余谊密宅子的那一仗。余谊密是安徽财政厅厅长，春节回老家过年，高司令得知这一情况，冒着雨雪一夜急行军赶到了余家。余家是深宅大院，有几十个家丁守护，难度更大的是，余府高大院墙上筑有一个碉堡，居高临下，易守难攻，我二十八军几次强攻都没有见成效。高司令足智多谋，他下令停止攻击，防止无谓的伤亡。他从附近群众家里搬来一张八仙桌，桌面上铺几床浸水的被子，被子里的棉花全部被水泡透，非常密实，子弹轻易无法打穿，四个战士躲在桌子后面推着桌子往前走，推到了墙根角，那便是死角，战士们甩出铁钩，顺着墙壁像壁虎一样攀上去，将手榴弹塞入射击孔……"

"啊——"王战恍然大悟。

没等杨铁锅说完，李勇一把握住他的手，惊喜地说："老班长，关键时刻你献了一招妙计啊。"

"我，我也没说啥啊。"杨铁锅望望李勇，又望望王战，望望屋子里的人，发现大家看他的眼神都闪着光，不觉怀疑自己了，"难道，我说的这个故事……真的很有用？"

"有用，有大用，老班长，你快成军师了。"王战笑道。

"那就好，那就好，嘿嘿……"杨铁锅松了一口气，连连说。

谭华兴冲冲地说："太棒了，我去准备方桌和棉被，多造几台'坦克'。"

"好！"李勇生怕被遗忘，霍地站到王战面前，差点鼻子碰鼻子。

王战后退一步，说："你小子想干啥？"

"团长，这'坦克'手应该非我们尖刀连不可了吧？"

"你想得美！"王战故意板起面孔。

"团长，你……"李勇语塞了。

"我是说，你只想当'坦克'手想得美，你还要当炮手。"王战笑着打了李勇一拳，"先用炮轰，再用'坦克'炸，都交给你们尖刀连。"

"谢谢团长，敬礼！"李勇兴奋得一蹦多高。

王战挥了挥手说："大家分头准备吧！"

白水大塘是王子城一带较大的当家塘，约有三万多平方米，由于还没到雨季，塘里的水位很低。高大的塘埂形成了天然的屏障，掩护着炮兵和阵地。

李勇对着掷弹筒空空如也的弹药箱发愣，一排没有炮弹的掷弹筒像一截截枯树失去了生命的意义。战斗一开始，李勇就对炮班不停地发出指令："预备，放！""预备，放！"……那感觉比富可敌国的富豪一掷千金还痛快。听到炮弹当的一声落膛，嗖的一声出膛，在半空中划出明亮的弧线，落地开花，让使惯了步枪手榴弹的尖刀连连长全身每个神经都在兴奋，可惜炮弹太少，痛快归痛快，好景不长。

"连长，"团部通信员猫着腰跑来靠近李勇卧倒，"团部命令你，拔掉圩堡。"

"打，打，我拿什么打？没了炮弹，拿手打吗？"李勇冲着通信员发完火，又意识到失态了，平缓地说，"知道了，回去报告团长，坚决完成任务。"

通信员是不久前从尖刀连调到团部的，对尖刀连的情况一清二楚，他转身离去时嘀咕："不是还有一门九二炮吗？"

"对啊！"李勇想起来了，还有一门九二迫击炮，只是炮架坏了，况且还有两发炮弹，作战时没有计算在内，他大着嗓门叫道，"来呀，快把那门九二炮推来。"

王子城战斗刚打响，敌人并不清楚炮班位置，偏偏歪打正着，敌人的一发炮弹落在了尖刀连炮后阵地不远处，九二式追击炮被炸断了一条支架，其他的都毫发无损。圩堡虽然被掷弹筒炸得七零八落、面目全非，但并没受到致命一击。黄振雄虽然拒绝增派援军，但考虑到圩堡在整个战局中的重要性，还是增派了两个班，携带两挺重机枪前来支援，大大增加了战斗力，敌人的机枪仍从地下工事和射击孔向外喷吐火舌。

"连长，炮架缺了一条腿，推不动啊。"炮班班长牛小虎无奈地说。

"走，看看去。"李勇顺着塘埂走了十几米，只见一个直径数米的大坑，那门炮歪倒在坑里。

凭着经验，李勇判断，就目前的炮径，直射炮火根本无法命中目标，如果把炮架到塘埂沿上，直接面临敌人的火力威胁，实在太危险了。

"上！把炮架到塘埂上！"李勇毫不犹豫地说。

"连长，"牛小虎了解李勇的性格，想阻拦又不敢阻拦，不敢阻拦又想阻拦，"危、危……险！"

"危险？"李勇反问道，"你是共产党员吗？"

"是！"

"大声点！"

"报告连长，"牛小虎高喊，"炮班班长牛小虎是中国共产党党员，报告完毕！"

李勇拍了拍牛小虎肩膀说："好样的！牛小虎，马上行动，把炮推到塘埂上。"

牛小虎清楚，李勇已将生死置之度外。

李勇带头和战士们把炮推向塘埂，敌人的枪弹在头顶上响，他们全然不顾，紧张地构筑炮设。塘埂上的黏土经多年的日晒雨淋，像钢板一样结实，镐头刨下去，只留下一个个白点，干了半天，连个拳头大的坑也没有挖成。

牛小虎泄气了，把镐头一扔，直愣愣地望着李勇。

"望我干吗？挖呀！"李勇冲他喊道。

牛小虎也不说话，只把两只手摊到李勇眼前，只见两只手掌已血肉模糊。

李勇明白自己错怪了牛小虎，他的目光四下扫射，发现了近处的一块大石头。"有了！"他说着，抡起铁镐撬着石头。

牛小虎不解地望着。

"愣着干吗？帮把手啊！"李勇白了牛小虎一眼。

牛小虎顿时悟出了连长的良苦用心，一挥手："上！"几个战士围着大石头又是刨又是撬。

功夫不负有心人，石头被撬了出来，一个小坑出现了。

李勇、牛小虎和战士们七手八脚地把炮推过去，左炮腿抵上去，挺牢靠。两个战士用力推，岿然不动，像焊在地上，大家的脸上漾出了笑容。可是右炮腿悬空了半尺多高。

李勇急了，抱着那条悬空的炮腿，试图用全身的重量把它按下来，可炮腿像被施了魔法似的定住了。

牛小虎和几个战士也压上去，炮腿微微翘了几下，又定住了。

大家刚像火一样燃烧起来的激情霎时间被一阵冷雨从头淋下来，冷了下来。

一条炮腿怎么能击中目标？

时间在一分一秒地流逝。

李勇双眼盯着前方，他看到，从射击孔喷出的火苗似一簇簇跳舞的火光向自己发出轻蔑的嘲笑。

嘀嘀嗒……嘀嘀嗒……我军的冲锋号再度吹响，战士们如猛虎下山往前冲，但马上就被强大的火力压制，进攻严重受阻，几个年轻的战士中弹牺牲。

战士倒地的一刹那，李勇全身的血在急剧流淌，喷涌到脑门，他下定了决心——不能让战士们的血再白流了。他对牛小虎下达了命令：“马上瞄准，目标圩堡！”

牛小虎支棱着耳朵，像是没听见，又像是在怀疑自己听错了：“连长……啥……”

李勇加重语气说：“准备开炮！”说罢，他卧倒在地上，用一把铁锹插进右炮腿的小提环里，锹头抵着地面，双手紧攥锹把，使劲往后拽，左肩膀紧紧顶着炮腿。

牛小虎见了李勇的举动怔住了，九二炮的后坐力这么大，连长的肩膀怎么受得了？更危险的是，在炮火威力圈内发射，连长那样顶着炮腿，别说隐蔽，连动也不能动，十有八九会被弹片伤着。

"连长，危险！"牛小虎吼叫着。

"废话，打仗能不危险？！"

"我来吧，连长。"牛小虎拉着李勇，眼泪都下来了，"你光荣了谁来指挥。"

战士们纷纷自告奋勇：

"我来，我家兄弟仨人。"

"让我来，我成过家了。"

"我是党员，让我来！"

"都别争了，"李勇发火了，"再争就贻误战机了。现在听我命令，各就各位。"

牛小虎和战士们迅速进入战斗位置，按照李勇的指挥紧张而训练有素地准备着，李勇语气坚定，沉着而有力：

"打开炮栓。"

"检查炮堂！"

"装弹！"

"关炮门！"

"瞄准！"

"发射！"

轰——炮弹如一只巨大的鸟从炮膛振翅飞出，落在了圩堡十米外的地方。

趴在埝沿上的观测员遗憾地捶着塘坝："偏离目标了，没打中。"

"怎么搞的？"李勇问。

牛小虎自责道："连长，都怪我！"

"别扯那些没用的，不是还有一发炮弹吗？打出去！"李勇告诫道，"只有一发炮弹了，一定要打中！来，瞄准！"

测距的战士再次竖起大拇指，闭上左眼，精准计算距离，确认后报告："距离不变。"

牛小虎紧盯炮表，转动火炮侧面的俯仰转轮，对应调整火炮的仰角，然后自信地叫道："报告，请求发射！"

"放！"李勇仰面发出指令。随着一声巨响，王子城的圩堡塌了半截，圩堡里的射击孔像哑巴张开嘴，再无声响。

"打中了，打中了！"炮兵阵地上牛小虎兴奋得蹦起来，战士们也兴奋得像过年似的，你击我一掌，我捣你一拳。

"连长！"牛小虎大叫着，叫得撕心裂肺，"连长，连长……"

李勇安详地闭上眼睛，嘴角露出了一丝微笑，静静地躺在牛小虎的怀里。中国共产党优秀党员、新四军优秀基层指挥员李勇被迸回的弹片击穿了腹部，猛烈的后坐力把他掀出一丈开外。

牛小虎和战士们抓起枪，他们要化悲痛为力量，像猛虎下山似的加入到突击的队伍中。

然而，阵地却出奇地安静，更没有出现想象中的向王子城扑杀的画面。

牛小虎不知道，刚刚总指挥向团部下达指示："停止进攻王子城。"

"什么？"王战握着话筒的手在颤抖，他以为自己听错了，"停止进攻？"

话筒里传来总指挥熟悉而不容置辩的声音："我再重复一遍，停止进攻。"

"为什么？总指挥，王子城守军已成强弩之末，我们只要发动一起猛攻，即可拿下，如果我们不趁热打铁，敌人就会有喘息的机会，恢复战斗力，再攻就难了……"

即使在话筒里，王战也依然感受到总指挥胸中自有雄兵百万的从容和坚定："你要记住，王子城只是一盘菜，你把菜端走了，客人还会来吗？"

"啊，总指挥，我明白了，我执行指挥部命令，立即停止进攻王子城。"

"停止归停止，但要枕戈待旦，随时准备攻打王子城。"话说完，总指挥还是不放心，补了一句，"你小子听明白了吗？"

"听明白了！"王战放下话筒，打心里敬佩总指挥的指挥艺术。

九

游吉方半坐半躺在车内，似睡非睡，不说一句话。

按理，四月的太阳火辣辣的，士兵们还没来得及换装，或者说也还不是换夏装的时间，他们穿着春装，即使敞开衣服，仍然汗流浃背。身子随着车子的颠簸而上下左右晃动，如大海上随波逐流的一叶扁舟。

后排坐着的报务员，抱着一台电台，电台里传来各营的行军位置。

游吉方像是被吵醒了，训斥道："笨蛋，不知道什么叫无线电静默吗？"

报务员一脸委屈地望了一眼团长，把电台设置到静止状态。

游吉方怕冷似的披了披军装，双手抱胸，又进入半睡半醒状态。他何尝不明白，一个团的兵力在几乎无所遮挡的村野上行军，哪里有保密可言？共产党一发动群众，那帮穷鬼不知中了什么邪，不管死活就跟着共产党走。想到这，他瞥了一眼车窗外，觉得七零八落的村庄中的每间房子里面都有一双监视自己的眼睛。

副团长赖苍民打马过来，他勒住马，与车行保持同速："团座。"

游吉方睁开眼，说："停车。"对这位跟随自己多年的副职，他是十分尊重的。

"团座，前面就是黄疃庙……"

"黄疃庙？黄疃庙？"游吉方连叫两声，对"黄疃庙"这个词，他有着本能的敏感，不知是军人的直觉，还是冥冥之中上天的告诫。出发前，他在沙盘前和地图上反复咀嚼着这个地名，总感到要发生点什么。

"是不是原地休息一下？"赖苍民说。

"对，原地休息。"游吉方不假思索地向后排的传令兵下达命令，"传我命令，原地休息。"

"是，原地休息！"

"还有，"游吉方补充道，"派出侦察小分队向四周警戒。"

卫兵打开车门，游吉方从车里下来，一只脚刚踏到地上，瞬间麻了一下，卫兵赶紧把他扶住。

游吉方捶着腰，坐的时间长了的缘故吧，半个身子都又酸又麻，不过，当他看到四下散开的兵时，顿觉失态，立即挺直腰杆，精神抖擞地走了两个来回。

士兵们沿着村路坐的坐，躺的躺，有的抽烟，有的聊天。有个士兵贪凉脱下外套，游吉方走上去帮他把外套穿上，叮嘱道："不要贪凉，当心感冒。"

士兵感激地望着他。

这些兵，大都是广西子弟兵，是从千里之外跋山涉水一路追随自己而来的，他们离别家乡离别父母，打击日寇，保家卫国，可日寇未赶出，就手足相残，打新四军，唉……

曾几何时，桂军可是赫赫有名的狼军。

"广西狼兵，雄于天下"的名声，不是凭空捏造的，而是凭真刀实枪浴血奋战赢得的。在国民党"十大王牌军"中，桂军排名第三，就说1937年的淞沪会战，直到10月15日国民党军队都没有对日军发起过大规模的主动进攻。10 月 15 日，由广西狼军组成的第二十一集团兵在炮火掩护下，向日军阵地展开猛攻，1 万名敢死队员毅然决然地冲在最前面，用自己的血肉之躯为身后的战友铺路。

游吉方、赖苍民都是敢死队成员。

他们声声呐喊，步步紧逼，被打中的将士倒下又接着爬，宁死不屈，筑起一道血肉长城。

他们坚守了三天,用生命为友军争取了宝贵的三天转移时间。

6000 多狼军倒在了那块土地上，其中有高级将领秦霖和庞汉桢，李宗仁听到消息后不禁感叹：“勇士护国！”

“团座。”赖苍民拿着一张电报跑过来。

游吉方料到了电报的内容，从容地从坦克上跳下，漫不经心地问：“又是催命符吧？”

赖苍民没回答，只是将电报递向游吉方。

游吉方摇摇手，同样内容的电报这已是第三封，新四军攻打王子城，用的就是他们百试不爽的“围点打援”战术，老套路，老战法，久攻不下，明显是把王子城当诱饵，而通往王子城的每条路都布满陷阱，稍有点军事常识的人都不难看出，可上峰偏偏看不出。

“团座，军令如山啊！你看……”赖苍民望着游吉方，等待指令。

游吉方长叹一声：“苍民，这明摆着，明知山有虎，偏要我

们没有打虎艺的狼群上山啊。"他想说"羊"群，转念一想这是
自毁形象，话到嘴边改为"狼"，他语气沉重地下发命令，"出
发吧！"

十

新四军挺进团早就在刘桥设下了埋伏，只等游吉方送上门来。

刘桥建于清朝初期，长不足二十米，宽约二米，设有五跨，
由石磴和青石板组成，两边码头古时是定远至柘皋、三官至梁园
等交通要道，桥东头靠东坝边有许多大柳树，绿树成荫供行人休
息，桥西建有一座庙宇，供奉的是宋代岳飞手下名将牛皋。

柳树的树皮粗糙，枝条一顺下垂，每根枝条都很光滑，缀满
绿色的叶子，随风飘舞，如顽皮的孩子荡着秋千。

挺进团团长王平就坐在一棵大柳树下，政委牛成忠及各营营
长席地而坐。

参谋长通报了王子城战斗打响以来的战况和各兄弟部队的布
防阻击等情况。

王平从垂到地面的柳枝中折下一根，这位燕京大学的高才生
出口成章："同一个事物在不同人的眼里有着不同的感受。就说
咏柳吧，贺知章写'碧玉妆成一树高，万条垂下绿丝绦。不知细
叶谁裁出，二月春风似剪刀'。而在白居易的笔下是这样的：'青
青一树伤心色，曾入几人离恨中。为近都门多送别，长条折尽减

春风。'一个是喜,一个是悲……"

一营营长马汉是个急性子,迫不及待地说:"团长,你就别绕弯子了,我是个粗人,你说这仗怎么打,我们就怎么打。"

政委牛成忠与王平搭档多年,对这位老伙计了如指掌,凡是遇到大战,总是不急不忙地吟几首诗,显得胸有成竹,稳操胜券。他对一营营长说:"不要急嘛,团长自有安排,听团长说。"

王平说:"总指挥给我团的任务是,监视驻扎在梁园的游吉方团的动向,总指挥认为,王子城枪声激烈,李本一必然会严令游吉方救援,而我们不仅要阻止敌人增援,还要伺机吃了这股敌人。"

几位营长摩拳擦掌,马汉嗓子最大:"团长,把最艰巨的任务交给我们营。"

"给二营。"二营长不甘落后。

"三营,团长给三营。"

……

王平站起来,拍了拍屁股上的灰尘。

大家纷纷都从地上站起来。

王平带着大家走过刘桥,登上一个高岗,这一带几乎是一马平川,放眼望去,视野十分开阔。

王平说:"你们看,刘河两岸起伏不大,没有山川沟壑,不便于部队集中和隐蔽,看来能利用的只有村庄了。"

位于梁园东十五千米的刘桥村,分东西两个自然村,一条土公路从两个自然村中间穿过，公路两旁是排水沟和打谷场。

因春天雨水少，排水沟里没有积水，但被水浸透了的黄泥又软又粘黏，陷进去将不能自拔。打谷场上堆满了大大小小的秸秆和稻草，盖有看场的屋子，为了通风和便于观察，屋子的四个方向留置着小窗口，是个理想的伏击阵地。

"我命令！"王平不再是一介文弱书生的样子了，像指挥千军万马的大将军。

马汉收腹挺胸立正站定，眼前的团长平时文绉绉，态度和蔼，部下冒犯几句也不以为意，可一旦进入战斗状态，就像换了一个人，稍有马虎必遭雷霆般斥责。

"一营营长马汉。"

"到！"

"你派一个连埋伏在打谷场，另外两个连分别埋伏在那两个自然村，你们的任务是将游吉方的队伍拦腰斩断。

"二营埋伏在公路东侧，待一营打响后，以猛虎下山之势，扑向敌人的头部。

"三营作为预备队，隐蔽于刘桥坝下等待命令。"

按照王平的部署，各营以最快的速度进入阵地：一营的战士在打谷场上，南面用秸秆和稻草搭成一个个庵屋，彼此之间又连通着，在打谷场的两边，用谷草排成十几个内空外实的圆垛，垛的四周留有射击孔，如同碉堡一般。

战士们大多数来自农家，一应活计做起来自然是轻松自如，小菜一碟。

场屋的上面也垒成工事进行了伪装。

一切部署停当，全营十二挺重机枪埋伏在这些战壕和"碉堡"里，从不同的方向对准公路，形成了一张强大的火力交叉网。

团部门前，几个地方干部模样的人被卫兵拦住。

"站住，不能进去。"卫兵语气坚决，又不失礼貌。

一个身着便衣戴一顶新四军军帽的人自我介绍："同志，我们是区委的，找首长。"

"不能进去。"卫兵反复就是这么一句。

"张书记别和他客气了。"一个理小平头的青年耐不住性子冲着屋内蹦起来喊，"团长，团长……"

被称作张书记的人连忙制止："小杨，别莽撞。"

卫兵急了，说："不许喊！"

"什么事？"政委牛成忠从屋内闻声而出，他走出屋檐，一眼认出了来者，"哎呀，这不是大张吗？你怎么来了？"

牛成忠说："大张啊，一别三年了，你还好吧？"

大张即张长胜，中共定合县委张兴垅集区委书记。

三年前，牛成忠在古城一带打游击，腿部受了重伤，被安排到张长胜家养伤，一住就是两个多月，张长胜说："是啊，三年了，你的腿……"

"没事了，没事了。你看。"牛成忠原地转了几圈，"早就好利索了，多亏了你们家里照顾啊，我永远不忘啊！"

"瞧你说的，见外了。"张长胜说，"军民一家嘛。"

牛成忠做出欢迎的手势说："快请进！"

"不了。"张长胜说，"牛政委，我们接到县委的指示，配合你们作战，我这次来，就是接受任务的，快给我布置啊。"

"真是太谢谢地方党组织和老百姓了。"牛成忠说，"那我就不客气了，老规矩，动员安排共产党员、积极分子侦察警戒、封锁消息、带路送信、提防敌特汉奸，组织担架队和运输队，做饭、送水、抬担架和站岗放哨。"

张长胜狡黠地一笑，说："其实呀，我们早就按照县委的要求做准备了，备足了大米、担架、军鞋，只是不晓得部队的人数和方位，特地来请示。"

"具体事项由后勤处给你们布置，总之，感谢你们！"

"好的，我们保证，仗打到哪里，我们保障到哪里；仗打多久，我们保障多久！"

十一

太阳越升越高，天气越来越热，一点风也没有。

战士们严阵以待，隐在工事里，衣服全都湿透了，直到日头正中还不见敌人的到来。

指挥部里，王平团长给每个营长打电话："要告诉战士们，不能有急躁情绪，耐心等待，胜利往往就在等待中。"

牛政委走到跟前说："区委的同志问，要不要给战士们送饭？"

"不能送。"王平果断地说，"那样会暴露。要坚持，我们有困难，敌人更有困难。"

日落西山。

指挥部里一片静寂，屋外风吹树叶沙沙作响。

丁零零……电话铃响。

牛成忠抓起话筒，说："我是……好……知道了。"

他一手握住话筒，对王平说："担任警戒的侦察员报告：西边隐隐约约听到汽车马达声。"

王平："终于把客人盼来了，继续观察。"

牛成忠松开捂话筒的手说："继续观察，有情况随时报告。"

丁零零……另一部电话响了。

牛成忠接过电话，对王平说："是区委张长胜的电话，放哨的民兵报告公路上来了三辆汽车，车上全是桂军。"

王平下达命令："沉住气，这是敌人的先头部队，放过去。"

草垛、房屋、树林、壕沟……战士们揭开手榴弹的盖子，给机枪穿上子弹带，步枪上了刺刀。他们瞪圆了眼睛，握紧钢枪，迎接远方的"来客"。

说时迟，那时快，只见三辆卡车正向埋伏区域开来，王平从望远镜里看到敌人全部进入了埋伏圈，高喊："打！"

游吉方站在卡车顶上从望远镜里观察了许久，村庄一个连着一个，炊烟从茅屋顶上袅袅升起，农人牵着牧归的老牛在田埂上悠闲地走着。这是典型的丘陵地貌，一眼能望很远，几乎无险可守，新四军怎么可能埋伏？

他向身后挥了挥手，做了个继续前进的手势。

三辆卡车在前头开路，游吉方带着大队人马保持一段距离小心翼翼地跟进。

这一切逃不过马汉那双犀利的眼睛，他果断命令蹲守的前卫连："放过那几辆卡车，便宜了二营。"

三辆卡车大模大样地通过设伏地点。

游吉方舒了一口气，再走二十米，即可到达王子城境内。

赖苍民心有疑惑："团座，不正常啊！"

"有问题？"

"太安静了，"赖苍民说，"新四军不会让我们顺利去解王子城之围，你不觉得这一路太顺了吗？"

游吉方苦笑道："顺又怎样，不顺又如何？顺与不顺我们都得往前走，哪怕明知前面有埋伏，我们也要闯啊。闯过去是福，闯不过去是命！"

赖苍民想想也是，该向上峰说的说过了，该向上峰争的也争了，剩下只有一条路了：军人以服从命令为天职。

"这是什么地方？"游吉方问，向随身副官伸出手，"地图。"

地图在车盖上摊开，赖苍民指着图上的一个点："这，就这。"

游吉方贴近瞅了瞅，像是自言自语："蚂蟥埂，怎么叫这个名字？"

赖苍民笑道："乡下嘛，起名字随意性很大，大概与蚂蟥精的传说有关吧。"

游吉方嗯了一声，没多想，他的注意力可不在什么蚂蟥埂黄鳝埂，他关注的是部队和自己的使命。

马汉率领一营的两个连潜伏在一片坟地中，绿树成荫，杂草丛生，野花盛开。

"营长，卡车过去了。"

"营长，看到敌人了。"

"营长，敌人上来了！"

瞭望哨不停地报告敌人的动态。

马汉仍然不慌不忙地嘱咐："放近点再打！"

二百米、一百米、五十米……当敌人进到坟地边沿时，马汉一挥手："打！"一排排手榴弹呼啸而出，炸得敌人血肉横飞。

敌人哪想到，在阴森森的坟地里，竟隐藏着天兵天将。

一个新战士高兴地跳了起来，老战士猛地把他按倒在地，提醒他："危险，卧倒。"

随着一阵阵刺耳的尖啸声，一发发炮弹在阵地前沿爆炸，新战士扒开身上的土，发觉老战士已血肉模糊，他哭喊着："班长啊……"

一切都在游吉方的预料之中，战斗打响后，他反而更加镇定自若。

赖苍民劝道："团座，撤吧，新四军只会越打越多。"

"撤，往哪撤？"游吉方苦笑道，"依我对新四军的了解，后撤的道路已经堵死了。"

赖苍民忧心地问："那么只有往前冲了？"

"往前冲？"游吉方摇摇头，"新四军对王子城攻而不破，不就是诱敌深入吗？前面就是一个巨大的陷阱。"

"前冲也不是，退也不是。团座，难道我们只有在这里坐以待毙吗？"赖苍民的语气中充满了绝望。

游吉方点燃一支烟，又递一支给赖苍民，赖苍民本来不抽烟，却接过了。

枪炮声密集响起。

"团座，你快拿个主意吧！"赖苍民催促着，猛吸了几口烟，呛得直咳嗽，仍接着一口一口地抽。

游吉方说："给师部发报，我们在黄疃庙遭到新四军一个团，哦，不，两个团伏击，无法按预定时间向王子城靠拢。请求速派援军。"

赖苍民补充道："命令各团，以营连为单位，加固工事，固守待援。"

这一次，卫兵没有再阻拦，张长胜顺利见到了王平。

王平正蹲在椅子上津津有味地喝着山芋稀饭，他吃饭有个习惯，不坐椅子，而是脱了鞋蹲在椅子上。见了张长胜，王平有些尴尬，忙放下碗筷，急急忙忙找鞋子，却不料一只鞋子在脱的时候被踢得老远。

张长胜哈哈大笑，说："堂堂正规军团长和我们老百姓一样啊。"

王平趿拉着鞋，把椅子让给张长胜，问："张书记，让伙房给你盛碗粥？"

"不用了，我是无事不登三宝殿啊。"

"哦，地方上有需要我们部队做的，我们毫无保留。"

"哈哈……这次，我是来给部队送宝贝的。"

"宝贝？什么宝贝？"

张长胜从挎包里拿出一节一寸来长的小竹筒："就是这个宝贝，能救命，也能打胜仗，千金难求啊。"

听到能打胜仗，王平兴趣盎然，他接过小竹筒，一股奇特的香味扑鼻而来。他在手里把玩着，嘟囔着："就这玩意，还能打胜仗，难道比炮弹厉害？"

张长胜说，桂军游吉方部占据的位置叫蚂蟥埂，这块地不足百亩，却盛产蚂蟥，奇怪的是，整个张兴垅集乃至皖东地区，只有这里蚂蟥奇多。可别小看了这种虫子，身若火柴棒大小，能屈能伸，每到夜晚只要有人走动，它们就从树枝上草丛间现身，钻鼻爬耳，咬皮吸血，不一会人身上瘀血红肿，奇痒无比，忍不住挠抓，那就离死不远了。当地有首民谣："蚂蟥埂，蚂蟥埂，齐天大圣在显灵。若是硬要从此过，不被动骨也伤筋。"

王平道："张书记，你的意思是？"

"王团长，"张长胜说，"乡亲们听说敌人被围在蚂蟥埂可高兴了，在党组织的号召下，从竹园砍回手指粗的一节竹子，做成上千个这样的小竹筒，里面灌满了生桐油，专门对付蚂蟥，送给新四军每人一支。"

王平一拍大腿，高兴地说："太好了！真是老天爷长眼啊！"他一步跨到门外，对警卫员说，"通知政委和各营营长，立即到团部开会。"

仅半个时辰，人员到齐。

王平说："长话短说，这位是张兴垅集区委书记张长胜同志，他给我们送来了打赢游吉方的秘密武器，还要请游吉方、赖苍民和一八一团大会餐。"

大家兴致勃勃地望着张长胜。

张长胜把情况叙述了一遍，又教授防止蚂蟥的办法："告诉战士们，用毛巾堵住耳朵鼻子，绑实衣袖和裤脚，手背、脚上和脸部、颈项部分涂上桐油。"

听完介绍，牛成忠紧握张长胜的双手，感激地说："老伙计啊，想不到你还有这一招，考虑得这么周到，张兴垅集的党组织和群众又立了头功。"

张长胜搓着手说："嘿嘿，我只是瞎琢磨为部队做点什么，没想到还真有用。"

王平马上下达任务，说："情况紧急，各营马上领取桐油，迅速及时分发给每一个战士。没有准备你们的晚饭，你们抓紧回到战斗岗位！等待发起进攻。"

半夜时分，气温忽然降了下来，还下起了绵绵细雨，与白天的高温形成了强烈的反差。

游吉方是被冻醒的，一阵阵寒风袭来，他本能地缩紧了身子。

阵地上出现了不小的骚动。

游吉方小声骂了一句，他为士兵的表现感到不满。身为军人，死亡尚在一瞬，一点寒冷算得了什么。

骚动越来越大，先是团部，又向四下扩散开来，还夹杂着瘆人的尖叶，风雨交加中，越发骇人。

游吉方正要发作，赖苍民冲了进来，连报告也忘了喊。

"团长，不、不得了！"

"慌啥？"

赖苍民手忙脚乱地拍打着手背、腰部，惊恐地说："有种虫子，叫蚂蟥，多得数不清，把队伍搞乱了。"

游吉方大发雷霆，骂开了："混蛋，都是草包，连小小的虫子都怕，还当什么兵？谁胡乱嚷叫误了大事，老子枪毙了他……
哎哟。"话没说完，他顿感手背被什么利器扎了一下似的刺痛。

何止是游吉方、赖苍民，整个被围官兵都遭到了"天兵天将"
的袭扰，成千上万只蚂蟥不知是从地下钻出来的，还是从天上掉
下来的，无孔不入，乱钻乱咬。桂军防不胜防，蒙得口鼻，掩不
住耳朵；顾得了颈脖，挡不住屁股，个个招架不住，叫苦连天，
蚂蟥越聚越多，密密麻麻。

王平一手叉腰，一手拿着话筒发出掷地有声的命令："全线
出击，狠狠地打！"

顿时，机枪、步枪一齐吼叫起来，从四面八方暴雨般倾泻到
桂军阵地。

激昂的冲锋号声响彻云霄。

游吉方气得直捶桌子，大骂："连蚂蟥也帮新四军，当起了
内应。"

赖苍民的脸上已是青一块紫一块，顾不得军容，帽子戴歪了，
说："团座，快撤吧！"

游吉方咬着牙，下定了决心："快！撤！"

赖苍民如见到了救星，吩咐副官道："快传达团座命令，向
梁园方向撤退。"

"不！"游吉方打断了赖苍民，"向王子城方向，进攻！"

"团座……还……"

游吉方苦着脸说："兄弟听我的，我跟新四军打了这么多年交道,还不知道他们的套路吗？梁园方向的道路早被他们堵死了,只有向王子城突围还有一线生机。"

……

黎明时分，围攻游吉方部的战斗结束。

游吉方不愧为桂系名将，他判断得非常准确，他刚从梁园开拔就在新四军的监控之下，一举一动没逃过由新四军和沿途群众组成的天网般的眼睛，当他在蚂蟥埂安营扎寨时，王平已派出三营堵住了他的后路，另外总指挥部电令打阻击的部队设置了伏击圈，全军覆没在所难免。

不过，往王子城方向突围也是一步死棋，王平的两个营和王战从王子城撤回的一个营在胡巷、上份关、官塘刘布下天罗地网。

天已注定，游吉方和他的一八一团终结在黄瞳庙。

战斗打得很残酷，一度处于胶着状态，桂军士兵绝不是浪得虚名……此战，敌我双方各伤亡数百人。

王平站在一个土岗上，目光扫描着列队经过的俘虏，他在寻找一个人。

牛成忠看出了王平的心思，对警卫员说："速将游吉方押来。"

不大工夫，游吉方被两名战士押解而来，他全身污泥，脸上和脖子被蚂蟥叮咬得血迹斑斑，军装上的风纪扣系得紧紧，保持了一个职业军人的军容。一夜之间，他苍老了，胡子拉碴，眼睛充满血丝。

"你就是游团长游吉方？"王平主动打着招呼。

游吉方耷拉着头，敬了一个礼，说："正是卑职。"

"抗战时期，你可是一员虎将啊。"

"败军之将，何以言勇。"游吉方自嘲道，"今日既为阶下之囚，任凭成团长发落，不过有一点我想不明白，想当面请教。"

"请讲。"

"贵军神勇有目共睹，可万万没想到，连蚂蟥这种动物都帮你们，天意啊！"

"游团长此言差矣。"王平说，"帮助我们的不是老天，而是千千万万中国的老百姓。老百姓之所以帮我们，拥护我们，那是因为我们共产党人代表着老百姓的利益，我们的军队不怕流血牺牲，因为我们是人民的军队，是为老百姓打天下的。"

游吉方似懂非懂地点着头。

而游吉方真正懂得王平这段话的含义，是他被移送到为俘虏专设的学校之后了。

第八章

一

薛计村，野战指挥部。

总指挥凝视作战地图已经很长时间了，作为新四军高级指挥员，他的目光触及地图上的密密麻麻的村庄、河流、丘陵，而脑子里出现的是千军万马，千山万水。

指挥部里所有人都蹑手蹑脚，他们知道，胸中自有雄兵百万的总指挥谋划的不仅是一场仗，还是一次战役，不是黄瞳庙、王子城，而是皖东抗日根据地乃至全国。

"接着说啊。"不知过了多久，总指挥说。

参谋长接着说："战斗很激烈，鲁庄、富旺集、高亮集、上下何集全面开花，目前战斗基本结束，参战部队正在打扫战场。"

总指挥问："一七一师胡在海部有没有动静？"

参谋长说："胡在海这只老狐狸没有增援的迹象。"

总指挥把手中的铅笔往桌子一放，说："不要被这种表象迷惑，胡在海定会增援。"

参谋长说："王战团长正严阵以待。"

总指挥："王战的位置在哪？"

"崔岗。"参谋长走到地图前，指着崔岗说，"就这，王团长昨夜驻扎此地。"

总指挥说："一八四团是桂军装备精良、战斗力最强的主力团，要盯死胡在海，露头就打，同时要注意日军动向。"

参谋长应道："是，总指挥，如果胡在海按兵不动，我们……"

总指挥笑着说："那我们指挥他出兵。"

参谋长不解地问："总指挥，我们指挥……胡在海？"

总指挥说："命令朱正茂向王子城发起攻击，是攻击，不是拿下。"

参谋长明白了，走向电话机。

二

王战将他的指挥部设在张兴垅集东南部的一个村庄。

走进村庄，首先映入眼帘的是一棵高大挺拔、姿态优美、枝繁叶茂的参天大树——皂荚树。由于年代久远，也不知什么缘故，皂荚树主干部分出现了一个大树洞，树洞能容纳两个成年人并排站立。为防止皂荚树倒塌和枯死，村里人从远处挑来一种陶土，将树洞和树干部分填高垫实。

团部就在皂荚树下的张氏祠堂。

张氏祠堂为两进五开间外加两边游廊的四合院式砖混结构，青砖灰瓦，斗拱飞檐，古朴典雅，气势恢宏，后堂设有神龛，供奉二始祖石像、各支先祖牌位及两套家谱。

王战望着祠堂的牌匾，念道："百忍堂。张书记，你是本地人吧？"

张长胜回答："本乡本土张兴垅集人。"

"我也是本乡本土人，孤陋寡闻啊。"王战谦虚地说。

张长胜如数家珍，一一道来："张氏祠堂号为'百忍堂'，可追溯到唐朝，我的上祖张公艺持家有道，训子有方，家境殷实，子孙满堂，誉满乡里，德颂乡党，举家和睦，创下了'九世同堂'的奇迹……"

"九世同堂。"王战惊叹。

"不可能吧？"江大水掰着手指算，"如果是，那上祖张公艺少说也一百五十岁！"

"族谱上就这么写的。"张长胜也笑了。

王战说："大水，别抬扛。张书记往下说。"

"唐高宗闻之，甚感震惊，公元666年登泰山封禅还京时，绕道张兴垅集亲临其舍，问其治家之道。张公艺一口气写了一百个'忍'字，并解释：'朋友不忍生怨恨，邻里不忍起纠纷，亲戚不忍断交往，父子不忍疏亲情……'高宗听后钦佩之至，当即御赐墨宝'百忍堂'，回朝后下旨送去九龙攒珠'百忍堂'横匾一块，悬于公艺府门，以昭示天下……"

"百忍百忍，家和万事兴啊！"王战总结道，"家是这样，国也是这样。眼下桂军勾结日寇，丧失民族气节，祸害百姓利益。"

江大水拍了拍腰间的枪，说："忍无可忍，无须再忍！"

三

"啊，坦克！"不知谁叫喊了一声。

这话不亚于一枚炸弹，圩堡里的人放下手中的活计，打牌的、聊天的、掰手腕的，一颗颗脑袋挤着从瞭望孔和狭窄的枪眼向外张望，发出恐怖的叫声：

"坦克！"

"真是坦克！"

"瞎扯。"牛登峰正在喝着酒，冲着报告的士兵一顿臭骂，"新四军就几杆破枪，哪来什么坦克？"

"真的是、是坦克。"士兵结结巴巴地说，他不是结巴，他是紧张过度了。

"老子倒要看看……"牛登峰气愤地走到瞭望孔前。

报告的士兵像斗败的公鸡，没精打采地跟在牛登峰后面。

士兵见到长官来了，纷纷闪开。

牛登峰趴到瞭望孔，他亲眼看见了坦克，不是一辆，而是三辆，一辆领先，另两辆稍后。

"活见鬼了！"他说。

他连忙举着望远镜仔细观察，这下看清楚了，缓缓推进的不是坦克，或者说不是真正的坦克，而是新四军自制的坦克。

"机枪，给我打！"牛登峰下令。

圩堡上的几挺轻重机枪仿佛才醒来似的，一个劲地往坦克狂泻子弹，弹壳掉了一地。

子弹打在坦克上，坦克却毫发无损，仍在推进，只是队形变了，由纵队变为一字排开，无声无息地推进，像打不死的幽灵。

牛登峰慌了，新四军神通广大，还足智多谋，怎么就弄出了这么一个刀枪不入的怪物，等怪物接近圩堡，说不准飞出来的是炸药还是炮弹。他第一个反应是向王华槿汇报。

电话接通了，电话那头传来牛登峰最不爱听的话："啥个？"

牛登峰又拨了黄振雄团部的电话。

"报告团座，发现新四军的坦克。"他谦恭地说。

"坦克？牛大队长，你是被新四军吓破胆了吧，他们哪来的坦克？我还没有哩！"对方的声音不仅充满质疑，还有不满。

"真的是坦克，卑职亲眼所见。"

"你确定吗？牛大队长，谎报军情是要军法处置的。"

"哦，不是真坦克。"提到"军法处置"，牛登峰心虚了。

"不是真坦克？牛大队长，现在不是幽默的时候。"

"团座，新四军狡猾得很，我怕出现什么闪失。"

"牛大队长，不管真坦克、假坦克，你务必坚守，等待援军到来，否则，我不杀你，新四军也要杀你。"隔着电话线牛登峰都能感受到黄振雄那杀气腾腾的目光。

黄振雄啪地挂了电话。

牛登峰并不知道，此时，黄振雄如坐针毡，他一遍又一遍地用军用电台向李本一呼救，情急之下，来不及用密码，干脆直接用明码呼叫。

"团座，团……"牛登峰对着话筒喊了几声，无奈地放下。没指望了，得靠自己了，至于结局如何，就看老天爷的了。

四

对王子城展开围攻之后，根据总指挥部要求，朱正茂把战场形势拿捏得恰到好处——什么时候打，打到什么程度，什么时候停止，停止多长时间——成功地将王子城之敌围而不歼，引诱梁园守敌游吉方部前来增援，并在其增援途中由兄弟打援部队将其一举歼灭。

王子城谈不上固若金汤，守敌也不是酒囊饭袋，战斗力凶悍，何况困兽犹斗。眼看着不多的炮弹打光了，那几门炮成了摆设，敌人每次进攻都给部队造成不小的伤亡，那可是一条条鲜活的生命啊！

作为团长兼政委，他苦苦思索着。

他想到了在贵州时攻打敌人一个山寨时的战法，用同样的方法，在方桌的下方放上炸药包，由战士猫着腰推着平板车前进，接近目标时，拉响导火索，猛地把平板车往前一送，平板车在惯性作用下继续前驶，遇到目标阻力，自然会爆炸。

推平板车的战士，待平板车出手后，马上卧倒，等炸药包爆炸后利用硝烟的掩护迅速撤回来。

不过，黔兵有"双枪兵"之称，一手拿钢枪一手拿鸦片枪，以至于一场仗打下来，红军缴获的烟枪居然比真枪还多。战斗中还发生过这样的笑话：有些俘虏跪在地上，一边向红军缴枪，一边苦苦哀求："老总，能不能把这支烟枪留下。"除了士兵低劣外，黔兵装备也很难上得了台面，他们使用的"九响连发枪"，听起来名字响亮，其实是赤水兵工厂生产的一种土造步枪，这种枪红军早就淘汰了，其杀伤力可想而知。

于是，朱正茂必须进一步证明此法的可行性。

他带着参谋和警卫员按照自己的思路，弄来一辆平板车，在平板车上架方桌，铺上几床浸饱水的棉被。

还真像预想的那样，这些浸透水的棉被，真的承受了机枪和步枪的子弹，很难被打穿。

朱正茂心里觉得稳妥了，觉也睡踏实了。一觉醒来，已是日上三竿，他打开房门，愣住了，院子里摆满了平板车、大大小小的方桌和五颜六色的棉被，有几床棉被明显是崭新的，上面的大红喜字还没拆去，是哪家的新娘抱来的。

"怎么回事？"朱正茂向外面喊，"警卫员。"

警卫员没喊进来，廖成进来了：

"朱团长！"

"廖书记啊，"朱正茂猜出了九成，"你这唱的是哪一出啊？"

"哪一出？《群英会》啊，老百姓把家里的平板车、桌子、棉被都献了出来。怎么样，朱团长，够用吗？"

"够了够了，足够武装一个'坦克连'了。"

"那就好，只要主力部队需要，根据地的群众就会倾囊相助。"

"廖书记，你这是逼我犯错误啊！"

廖成一听急了，说："朱团长，这都是群众自愿献出来的啊。"

"那也不行，我们队伍有纪律，不拿群众一针一线。"

……

两个人争执了半天，最后达成一致，按价付钱。

受平板车坦克的启发，部队还发明了独轮车坦克。

独轮车是江淮地区常见的运输工具，又名手推车、土车、平头车，几乎家家有，它是运用杠杆原理使负载的抗力点靠近车轮，因此载重或负载移动变得轻松。独轮车坦克做法很简单，在独轮车上绑上大沙袋，这种沙袋结实而厚重，不仅能挡子弹，连手榴弹也奈何它不得，像一个移动的掩体，战士们伏在沙袋后面。

"八斗岭，好凄凉，收成全靠天帮忙，十年倒有九年荒。"
这是流行在八斗岭地区的一首民谣。在贫穷的乡下，平板车、独
轮车都是不菲的家产，桌子、棉被也是重要的家当，朱正茂强调：

"按价给钱，对于老百姓献出来的任何东西，都要按价给钱，
谁违反纪律处分谁！"

五

胡在海坐在办公室里，望着一家三口的合影，若有所思。

"报告！"

"进来！"胡在海的视线从照片上移开，坐直了身子。

刘副官、马元进来。

刘副官："团座，马队长有重要情报。"

"说。"

马元往前凑了一步，说："团座，据可靠消息，新四军王战
所部增援了王子城。"

"啊？"胡在海站了起来，"多少兵力？"

"估计两个营。"

胡在海快步来到地图前，盯着王子城若有所思："不对啊，
新四军一向行动诡秘，又是夜间行动，你们是怎么侦察到的？"

"王战的确是想秘密行动，可沿途村庄的狗狂吠不已，这个
恐怕连王战也没有想到。"

胡在海说："这么说，王战手里只有一个营了。"

刘副官提醒道："团座，师部已连发加急电报，命令我们增援王子城，你看……"

"围攻王子城的新四军有一个团，还有为数不少的地方武装，再加上王战的两个营，而黄振雄竟能支撑五天，明显是新四军在'钓鱼'，等着我们上钩呢，如果我们前往增援，岂不是自投罗网吗？"

刘副官说："团座，违抗军令可是要上军事法庭的。"

"这样吧，军令肯定不能违抗。反正王战也没有多少兵力，对我军构不成威胁，我们遵令增援王子城，不过到了黄疃庙要小心谨慎，见机行事。新四军不是有'打得了就打，打不了就跑'的战法吗？我们也效仿一次。"胡在海一口气说出自己的思路，显然他不是一时来了灵感，而是经过深思熟虑的。

马元恭维道："团座这着棋实在是高，既执行了命令，又免去了危险，高！"

王战双手抱肘，望着木格窗口。窗外，战士们勤学苦练，有人在练队列，有人在练投掷，有的在练格斗，他们秉承"平时多流汗，战时少流血"的精神，以实战的标准练好杀敌本领。

对于自己的兵，王战是十分满意的。

宋春和江大水进来，发现王战在沉思，宋春向江大水做了个不出声的手势。

但王战还是察觉到了，他回过身，说："政委，你来得正好，我团增援王子城的两个营，现在什么位置？"

"团长已奉命撤回，到达指定位置。"

"不会暴露吧？"王战有点不放心，"我军开拨时沿途村庄的狗叫声可是把消息传给了桂军，这是我们有意做的。"

宋春笑了笑说："撤回时，所有的狗没有叫。"

王战激动地说："根据地的老百姓太好了，不打败桂军，不赶走日本鬼子，我们对不起中国的老百姓啊。"

"有了老百姓的支持，何愁赶不走日本鬼子。"宋春深有感触地说，"大水，把你的想法说出来。"

江大水把一张地图铺在桌面上，地图只有碟子大小，需凑近才能看清上面的文字。

江大水在地图上指指点点，说："团长，政委，你们看，黄疃庙一带起伏不大，几乎没有什么险要之地，只有这里有座大赵山，我认为可以打伏击。"

王战抓起地图，左看看，右看看，念叨："大赵山？黄疃庙还有山？江大水，你们现场察看过地形了吗？"

"没有。"江大水头皮开始发麻了，"时间紧，我准备向你汇报后再……"

"你这地图哪里来的？"王战问。

"从刘集小学的乡土地理教材上撕、撕……"江大水结巴了，他认识到自己这件事做得草率了。

王战把地图往桌子上一扔，怒气冲天地说："江大水啊江大水，叫我怎么说你呢，这是打仗，不是捉迷藏，涉及多少战士的生命，你不知道吗？"

宋春打着圆场："团长，我们还是到现场看看吧！"

六

几匹快马在一座村庄前停住。

一块不规则的石头矗立在乡村小路边，石头上面三个字"大赵山"，可能是出自哪个秀才的手笔，遒劲有力。

王战、宋春、江大水勒住缰绳，放眼远眺，一大片绿油油的画卷映入眼帘，一株株麦苗在微风吹拂下摇曳着纤细的腰肢，几只花蝴蝶在麦浪上欢快地嬉戏玩耍，似乎这片麦田就是它们的舞台。远处的村庄，像麦浪中的巨轮，几缕炊烟升起，巨轮仿佛即将起锚。

江大水第一个开口了，自言自语道："奇怪了，明明是大赵山，山呢？怎么不见山？"

王战白了他一眼，说："我的侦察连长，本来就没有山。"

"没有山还叫大赵山？"江大水不服气地嘟囔道。

宋春调侃道："没有水，不也叫江大水吗？"

江大水直挠头皮，连连说："坏了坏了，坏大事了，这地形怎么打伏击？纸上谈兵真是害死人。"

宋春以肘轻捣江大水，示意他看王战。

王战举着望远镜一动不动凝视远方。望远镜的镜头里，一片绿油油的麦地后面是一片林子。

王战问："政委，注意到了那片林子吗？"

宋春用望远镜观察着那片林子，在湛蓝的天幕下，林子显得肃穆端庄，还有几分阴森。

江大水说："那是一块坟地，方圆十几个村庄的人死了都埋那儿。这里有个习惯，每年清明和冬至上坟祭奠先人时都要在坟四周栽几棵树，久而久之就成了树林。"

王战继续观察，他看到了一条长长的工事，距离村路不过七八十米，近的只有二三十米。

宋春高兴道："团长，你看这些工事修在路边，敌人早已见怪不怪，你再看，工事上长满了蒿草。如果我们把部队隐蔽在这里，等于藏在敌人鼻子底下，伪装好，敌人很难发现，可以打他个出其不意。"

江大水说："好是好，这里地势狭窄，兵力不易展开。"

"早该这么动脑筋了。"王战说，"我们难以展开兵力，敌人更难展开。"

江大水想说什么，又止住了。

王战做出决定，说："就这了！"

宋春表示赞同。

王战严肃地对江大水说："对于江大水同志纸上谈兵的失误，

战后再做处理,你现在的任务是迅速拟订作战方案,交党委讨论。"

七

薛计村,津浦路西野战指挥部。

总指挥一手叉腰,一手拿着话筒,掷地有声:"命令朱正茂,即刻拿下王子城。命令王战,截击增援之敌,不得有误。"

八

一辆辆"土坦克"翻过土坎如脱缰的野马,从四个方面向王子城奔来。

圩堡里的人见状,马上集中火力向这些怪物猛烈开火,谁知无论是机枪还是步枪,打在这些怪物上面,都只溅起几个白色的点子,没能阻止它们,快接近圩堡时,猫着眼的战士拉响了炸药包上的导火索,使动全身力气将"土坦克"往前猛地一推,"土坦克"凭借惯性快速撞上墙根,炸药包轰的一声响起来。

伴随腾起的硝烟,推"土坦克"的战士迅速后撤。

圩堡剧烈地晃动,土崩瓦解。

三部电话急剧响个不停。黄振雄根本没有接听的心思,不用问,都是情况危急,请求支援。

"我又不是孙悟空,拔根毛马上变出千军万马。"他脑门上的青筋跳个不停，用力按也按不住。

参谋长看看桌子上的电话，又看看黄振雄，不知接还是不接。

那几部电话一个劲地狂叫，可在黄振雄的眼里，那是几块烧得通红的烙铁。

他感觉到自己的失态，冷静了一会，对参谋说："告诉他们，坚持三个小时，援军马上就到。"

参谋长分别对着三部电话说，像背台词一样：

"援军马上就到！"

"援军马上就到！"

"援军马上就到！"

参谋长一口气说完便挂上，不让对方有说话的机会。这几天，他听够也听烦了王华槿、牛登峰请求救援的声音，那些平时耀武扬威、盛气凌人的地头蛇，一个个像落水的疯狗，可怜而又疯狂地吼着。

黄振雄斜躺在椅子上，外面的枪炮声、爆炸声连绵不断，越来越近，他充耳不闻。

参谋长倒了一杯水，端给了黄振雄，小心地问道："团座，援军马上就到？援军在哪？"

黄振雄眼皮也没抬，喃喃地说："援军马上就到……马上就到……天晓得！"

王华槿感到末日到了。

他在王子城经营几十年，从一无所有的街头混混，到八面威风的一方霸王，经历过多少惊心动魄的生死时刻，刀尖上舐血，油锅里捞金，赌场里火并……每一次都似乎有贵人相助，逢凶化吉，死里逃生。

但这一次他失算了，王子城被围，他以为还像过去一样有惊无险，毕竟梁园、店埠、全椒、蚌埠……都有国民党军重兵驻扎，还有许诺危急时刻出手相助的日本人，只要援军大军压境，新四军还不是知难而退？在新四军的历史上，投入万人以上兵力的战斗微乎其微，他们一向游而不击，保存实力。他抓住黄振雄"守土有责，失土追责"的军令，对牛登峰见死不救，想借机除掉这个在分水岭地区与自己分庭抗礼的势力。然而，事态的发展出乎他的意料，他有四个没想到：没想到新四军这次不是虚张声势；没想到装备落后的新四军战斗力如此强大；没想到国民党军为保存实力裹足不前延误战机；没想到国民党军战斗力如此低下，游吉方的正规军一个团一触即散。

他也暗自庆幸，多年的江湖打拼让他总结出一条经验：凡事留一条后路。他豢养了一个替身，那是他的一个远房表弟，长相颇似他，尤其说话的声音酷似，连王华槿的姨太太也分辨不出。新四军发起对王子城的总攻，王华槿感到大势已去，带着细软和几房姨太太在几位亲信的护送下，从地下通道偷偷溜出了王子城，留下那个一遍又一遍声嘶力竭请求援军的"王华槿"，迷惑了黄振雄。

新四军北撤后，王华槿继续与人民为敌，新中国成立初，被人民政府镇压。

牛登峰本想借王华槿这块"尸"还魂，东山再起，不料偷鸡不成蚀把米，他拼光了残存的老本，在"土坦克"的轰炸中尸骨无存。

黄振雄发出的最后一道指令是给胡在海的，电话刚放下，新四军就破窗而入，一支支黑洞洞的枪口指向他，他连自杀的机会都没有，当然，他也没有自杀的勇气。

战役结束后，经敌我双方谈判，新四军用黄振雄换回了被桂军抓获的一批地下党员，黄振雄归队后，不受重视，抗战胜利后，辞去军职回到家乡桂林，郁郁寡欢，抑郁而终。

非常痛心的是，在战斗即将胜利时，新四军团长朱正茂被一颗罪恶的流弹击中年轻的心脏，壮烈牺牲。

他是黄曈庙战役中新四军牺牲的级别最高的干部。

他在历史上留名，毋庸置疑，但由于战争环境所限，战事紧张，加之担心墓会遭敌人破坏，部队将烈士草草埋葬，没有立碑，使得朱正茂烈士英名湮没于历史尘埃中 70 余载。他的烈士身份地方政府及党史部门均无记载，家乡的父老乡亲更是无从知晓，直到 2015 年 6 月,《荆州日报》发表了一篇文章《不能被遗忘的抗日英雄朱正茂》,2016 年,中国新四军历史研究会会刊《铁军》杂志发表了《抗日烈士朱正茂为何英名埋没》,引起党组织和志愿者的高度重视。他们历经曲折,终于找到了朱正茂烈士的安息之地。

在写这部书稿时,笔者辗转找到了烈士长眠之地,那是在安徽省定远县泗川庙村一片山坡林丛间一座微隆的荒丘前,一块青石墓碑静静伫立,上书"朱团长烈士之墓"几个烫金大字。烈士的后人、少先队员、党员干部成群结队前来祭奠。

九

胡在海再一次接到黄振雄电话时,已在增援的路上。

步话机铃声急促响起。

刘副官接过:"喂⋯⋯是⋯⋯"他捂住话筒,把电话交给胡在海,"团座,黄振雄团长要与你直接对话。"

胡在海不耐烦地说:"就说我不在,到前线阵地去了。"

刘副官劝道:"团座,听黄团长的语气,火急火燎的⋯⋯眼下可是非常时期。"

胡在海勉为其难接过,还没开口,就听到黄振雄的声音:"胡团长啊,你现在的位置在哪里?兄弟我顶不住了,快来救兄弟一把吧。"

胡在海信心十足地说："黄兄，我部正向你靠拢，正向你靠拢。"

不等黄振雄回话，胡在海啪地挂了，骂道："现在才想起来老子，平时山头劲大得没根，自恃有后台，什么时候尊重过我。"

如果胡在海的电话再迟一秒挂上，就一秒，话筒中就会传来"放下武器，缴枪不杀""新四军优待俘虏"的震耳声响。如果听到了，胡在海还会前去救援吗？

可惜，历史没有假设。

他的队伍已跨进张兴垅集的边界，他熟悉这条路，曾亲自化装侦察，认为这是一条安全的路径。

马元策马而来，在马背上行完礼说："报告团座，侦察哨报告，大赵山一带有少量新四军活动。"

胡在海问："大赵山？什么人活动？"

"他们都骑着马，还配有望远镜。"马元说。

刘副官判断道："马、望远镜，那可是新四军里级别不低的人才配备的啊，会干什么呢？"

胡在海轻轻一笑，说："还能干什么，看地形呗。"

"看地形？"刘副官说。

马元将地图呈上，胡在海的手指在地图上移动，移到"大赵山"时定住了："大赵山？大赵山，好啊！"

"团座，你的意思是……？"马元揣测不透胡在海的心思。

胡在海说："我想起来了，村路两边有我当年率队抗击日军挖的战壕，我想，王战是看上我的那些旧战壕了。不管怎么说，打埋伏搞偷袭这些偷鸡摸狗的伎俩是新四军常用的战术。"

刘副官问："我军的行军路线是不是更改？"

"不用改，按原计划进行。"胡在海冷笑两声，"我倒要看看王战能玩出什么花样。"

马队迈着碎步走在队伍前面。

马队之后是大车队，一管管被油布遮着的圆柱体直指蓝天。

炮队之后是两辆吉普车，胡在海和刘副官坐在前头那辆。

吉普车之后是大摇大摆的步兵。

胡在海在空中比画了一下，刘副官立即高叫："停止前进！"

胡在海从车内探出半个身子，举起望远镜观望，只见那些废弃的工事显然有人的痕迹，蒿草被人动过，轻轻地摇摆，工事边沿有人的脚印、胶轮车迹，一只布鞋丢弃在草丛里。

胡在海露出胜利者的微笑，又在空中比画了一下。

刘副官传令："炮手准备！"

大炮车卸下伪装，露出一门门迫击炮，黑洞洞的炮口迅速平移。

"刘副官。"胡在海怡然自得，仿佛不是在打仗，而是在欣赏一场音乐会。

"团座。"

"你估计一下，这一排炮火下去，新四军会增加多少冤魂？"

"团座高明，那是他们自找的。"刘副官奉承着，随后发布命令，"瞄准目标，预备——开炮！"

炮火齐放，震天动地，炮弹冰雹似的落在工事上，腾起漫天的烟雾，一只羊从蒿草下被掀了出来，凄惨地叫着，那只布鞋被炮火引燃，瞬间化为灰烬。

胡在海举着望远镜，望着望着脸色由晴转阴，他连忙挥手："停，停，停！"

"停止炮击，停止炮击！"刘副官不知发生了什么事，他连忙传达命令。

硝烟渐散，工事上一片死寂，大地静得像潭水，似乎所有的生灵都睡着了。那些好动的战马，也服服帖帖停止了嘶鸣。半晌，胡在海大惊失色，叫道："不好，快撤！"

"撤？为啥？"马元问。

刘副官反应很快，高喊："前队变后队，撤，快撤！"

然而，来不及了。

这时，村子里响起暴雨般的枪声，桂军一排排倒下。

一支人马从村里旋风般杀出。江大水端着一挺机关枪，冲在队伍最前面，而他身后是清一色的机枪手，十几挺机枪一齐开火，令猝不及防的桂军割麦似的倒地。

桂军人仰马翻，受惊的马四处乱窜，引起更大的骚动。

刘副官眼疾手快，一把将胡在海拽到车的底盘下，旋即，胡在海的座位被机枪打成筛子。

胡在海惊出一身冷汗，他拍了拍刘副官的肩膀，以示感谢。情况紧急，容不得他表达更多的感谢之情，他指着村后，说："看到了吗？那片林子，其实是块坟地，组织火力，占领坟地。"

刘副官从一个士兵手里夺过一支卡宾枪，喊道："一营长，攻击那片林子。"

胡在海高声命令："二营，阻挡新四军，掩护一营，三营跟我来！"

马元牵来一匹白色的战马，把缰绳塞给胡在海，说："团座，快上马！"

刘副官一边开枪一边焦急万分地催道："团座，你快撤吧，不然就来不及了。"

血性在胡在海体内瞬间复活，他把缰绳扔下，说："不，组织弟兄们占据那片林子。"

十

树木参天，遮天蔽日，大大小小的坟茔星罗棋布。歪倒的长明灯，烧纸后的灰烬，飘零的招魂幡……

一只无名鸟发出怪怪的叫声。

一只小兽受惊后在坟间乱窜，惊起安居的小鸟……

新四军战士荷枪实弹埋伏在坟包后，树桩、墓碑、坟包都是天然的掩体。

一座大户人家的老坟，修筑得富丽堂皇，足见主人生前的显赫。

王战正弓着腰看着祭坛上的地图，宋春走近报告："团长，果然不出所料，敌人上来了。"

王战的目光仍没从地图上移开，他显得十分平静，显然一切都在他预料中。他问："敌人有多少兵力？"

"估计至少一个营。"宋春说。

"从队形看，敌人没有发现我们。"宋春又补充说。

王战听了听枪声，抓下帽子说："准备礼物，迎接贵客。"

桂军像一群鸭子似的成群结队地往林子里钻。

一个排钻进去了。

几只受惊的乌鸦在空中盘旋了几圈，又落到林子里的树冠上，黑压压一片。

胡在海放心了，他不停地向林子方向挥手。

又两个排钻进去了。

乌鸦似乎见怪不怪了，远远地鼓噪几声。

胡在海的心终于放下了，他心想："王战啊王战，你要是在林子里摆一个营，我胡在海就只有下地狱了，天无绝人之路啊！"

他想得很美，在林子里埋伏下来，新四军必然追着断后的二营打，二营自然抵挡不住，且战且退，退到林子，再来一个反冲锋，必定反败为胜，创造一个奇迹。

胡在海掏出一支雪茄。

啪——马元为他点起火。

可没待雪茄点燃，林子里突然爆发出惊天动地的爆炸声，明显是一排手榴弹，随即就是暴风骤雨般的枪声。

胡在海手一抖，雪茄掉在地上，他愣愣地望着林子。

不一会儿，一群桂军全被赶了出来。

然后又是一群……

刘副官灰头土脸地跑来，刚到跟前被一块石头绊倒，栽倒在胡在海的脚下，一脸狼狈地说："团座，有埋伏……"话没说完，又一头栽倒。

胡在海这才察觉到，刘副官不是被绊倒，而是一条腿断了！骂道："好你个王战！"

林子深处，响起了嘹亮的号子，胡在海听出来，这是冲锋号。

"冲啊……杀啊……"排山倒海的呼喊声，从林子往外蔓延。

胡在海心中有数，这是新四军发动冲锋前的经典做法。

该有红旗了。他想。

他想得真准，一面红旗从林子里出现，紧接着两面、三面……一排红旗在半空舞动。

在红旗引领下，那些穿灰色军装打绑腿的年轻军人着了魔似的勇往直前，前面倒下去，后面的冲上来。

那些红旗，仿佛永远不倒，一个旗手被击中，旁边的会迅速接过旗子，舞动着，前进着，红旗不仅不倒，还永远在前进！

硝烟滚滚，爆炸声、喊杀声、惨叫声交织在一起，桂军溃不成军，已经无法组织有效抵抗。

胡在海趴在田埂下，伸手毙了一个后退的士兵，声嘶力竭地叫道："不准后退，违抗军令者，格杀勿论！"说完，又打死一名逃跑的排长。

兵败如山倒，队伍只是停止几秒钟，伴随新四军的攻势，又潮水般地后退。

马元几乎连滚带爬地跑来报告："团座，大赵山方向的新四军压过来了，我们被包围了！"

胡在海抢过一挺机枪，困兽犹斗，说："拼了！"

刘副官艰难地站起，又抢过机枪，好言相劝："团座，你得突围出去，留得青山在，不怕没柴烧啊。你在，一八四团就在啊，团座。"

"刘副官……"胡在海的眼睛湿润了。

刘副官瞪着一双血红的眼睛，冲着马元喊："马队长，还不快带团座先撤！"

马元不管三七二十一，与卫兵一左一右，把胡在海夹在中间。胡在海还在争辩着。

一颗手榴弹滚过来，冒着白烟。

刘副官眼疾手快，猛地推了一把胡在海，手榴弹爆炸了，刘副官倒在血泊中，血肉模糊。

十一

一八四团团部的大门被重重地撞开。

胡在海踉踉跄跄地进来，他扔掉军帽，脱了军上衣，一屁股坐在椅子上，自言自语道："活见鬼了，王战哪来这么多兵力？战斗力还这么强，真是士别三日刮目相看啊。"

此时，他已知晓王子城失守，黄振雄兵败被俘。相比于黄振雄，相比于游吉方，他是幸运的，他奉命增援，虽无功而返，但毕竟没全军覆没，更没成为新四军的阶下之囚，还能召集残部，以图与新四军再战，还可以面见李本一师长，还可以继续在桂系立足，这就够了。

想到这，他心里安慰了许多，多日的紧张放松下来，疲惫像山一样压下来，他进入了梦乡。

不知过了多久，胡在海被门外的声音吵醒了。

"让我进去，我要见团座。"马元的声音。

"不行，团座有令，任何人不许打扰。"卫兵说。

"也包括我吗？我有重要情况报告。"马元说。

"那也不行。"卫兵说，"你就在这等吧。"

"是马元吧。"胡在海脱口而出，"快，请进！"

马元推门而进，只见他满脸灰尘，衣冠不整，额上还滴血，显然刚从战场上下来。

胡在海扑上去，一把抱住他的双肩，激动地说："兄弟，回来了啊！回来就好，我要向上级为你请功！"

马元惭愧地说："团座，卑职有失团座所望，不过，也是九死一生……"

胡在海拉着马元坐下，真诚地说："兄弟，能不缺胳膊不缺腿，已是上天保佑了，啥都别说了。"

"团座，"马元急切地说，"卑职得知一个可靠消息，日军越过省界，在全椒定远接合部即张兴垅集一带寻找战机。"

胡在海吃惊不小，说："啊，日本人！眼下这阵势，日本人也是泥菩萨过河——自身难保，还有心思来凑热闹？！"

"日本人虽然不足为患，但他们的出现必然会引起新四军的注意。"马元说。

"等等，让我捋一捋。"胡在海的额头上青筋暴起。

"王战所部恰好就在张兴垅集……"马元说。

"传我命令，"胡在海按住额头，"集合所有力量，向张兴垅集方向行动。"

"团座，你这是……"马元不解。

"等日本人运动到王战的视线之内，或者说，日军联队级别的行动，王战怎可能不发现目标？要知道每一个老百姓都有可能是新四军的线人。等王战发现了日军，必然会主动进攻，日军可是我们民族的敌人啊！"

"等他们拼得鱼死网破，我们再坐收渔人之利。"马元看懂了胡在海的这盘棋，不由得佩服。

"螳螂捕蝉，黄雀在后。"胡在海心里有几分得意，援助王子城已失利，如果下一步能吃掉王战哪怕一小部也是大胜啊。

马元献计道："团座，对付王战，我们手里还有一个筹码？"

"啊？什么筹码？"

"吴满山。"

"啊！"

一间暗无天日的石屋里，皮鞭、镣铐、老虎凳、辣椒水、烧红的炭火……刑具一应俱全，应有尽有，发出阴森的光。

一个人被绑在屋子中央的柱子上，血迹斑斑，耷拉着头昏了过去，头发遮住了他的脸。

一盆凉水从头浇到脚。

那个人有气无力地哼了两声，慢慢抬起头，原来是吴满山。自从被关进这间小屋，他除了受刑还是受刑，不知过了多少个日日夜夜，但这位钢铁般的汉子，熬过了一轮又一轮严刑拷打，咬紧牙关，坚韧不屈。

这次行刑的是一个凶神恶煞的特务。对吴满山行刑是个苦差事，实行轮流值班，否则吃不消。

特务赤着上身，他挑起吴满山的头发，问："你就是吴满山？"

"装什么装，你又不是不认识老子。"

其实行刑人是例行公事，每换一茬，每次动刑都要问一遍。

"你是干什么的？"特务问。

"干革命的！"

"浮槎山游击队在哪儿？你的任务是什么？"

"浮槎山游击队当然在浮槎山，我的任务是消灭你们，哦不，还有干掉日本人。"

"吴队长，我敬你是条汉子。"特务可怜巴巴地说，"你让我下不了台，你随便透露点什么，我也好交差，你也少受点皮肉之苦。"

"随便说说？"吴满山揶揄道。

"对对。"特务大喜过望，"随便说点，我好交差。"

"那我跟你坦白……"

"好好，"特务向旁边的人吩咐，"快，做好记录。好，你说吧。"

"我是浮槎山游击队队长吴满山。"吴满山平静地说，"我负有重要任务。"

"继续说，什么重要任务？"

"消灭桂军，消灭日本人！"

"还有呢？"特务问。

"没了。"

"就这？"

"这不够多？"吴满山郑重地说，"这么重要情报还不够你升官发财？"

特务怒了："你敢耍老子！给我打！"

鞭子雨点般落在吴满山身上。

吴满山一声不吭，他似乎不是血肉之躯，似乎那些鞭子打在坚硬的石头上，丝毫没反应。

鞭子啪地断了。特务将断鞭随手扔到长凳上，殷红的血迹从鞭梢一滴一滴落到地上。而长凳上，已有了两根早先折断的鞭子。

一只绣着牡丹的荷包躺在断鞭旁。

胡在海出现在行刑室。或许是他过于安静，或许是行刑人员过于专注，他出现在门前时，没人发现。

"停止用刑！"胡在海掩住鼻子，行刑室里气味充斥着血腥和恶心。

"团座。"特务立正。

"招了吗？"胡在海问，他的目光落在那只牡丹荷包上。

"他承认自己是浮槎山游击队队长，任务是消灭……消灭我军和日本人，其他一概不招。"

胡在海"嗯"着，他由衷地敬佩吴满山以及像吴满山这样的共产党人，简直不是人，是神！他也庆幸吴满山没有说出其他不该说的。

这时，一个士兵匆匆进来，胡在海认识，是自己家中的卫兵。他见了胡在海，欲言又止。

"什么事，说吧！"胡在海知道，此时赶到此地，八九不离十是家中出事了。

"报告团座，夫人出门了。"

胡在海吃了一惊，忙问："去哪了？"

士兵说："夫人说，今天是她父亲'二七'，她要回娘家。"

"不好！"胡在海暗暗叫道。在江淮分水岭地区有着这样的风俗：人死后的第七天就是所谓的"回魂夜"，在这一天里死去的亲人的魂魄再次回到自己以前居住过的房子，这天被称为"头七"。子女于"头七"设立灵堂，每日哭拜，早晚供祭，每隔七日做一次佛事，"头七"由儿子办理，"二七"为出嫁女儿负责。

十二

一辆马车匀速行驶在乡间的土路上。

乡路坑坑洼洼，宽度恰好供一辆马车通过，路旁是大小不一却挺拔的杨树，杨絮随风飘扬，如白色的精灵，跟着马车的脚步飞舞。

赶车人是勤务兵阿毛，他使唤着一匹老马，尽力让车跑得稳当些，累得满头是汗。

车内，张槐花身着孝服，紧紧搂着儿子小宝，一脸悲戚。父亲的不幸去世，对她打击太大了，她幼年丧母，是父亲一把屎一把尿把她拉扯大，为了她不受委屈，张长有一次又一次拒绝踏上门的媒人……父亲走了，她的天塌了，在她的世界里，父亲张长有就是天，就是全世界。她是个乡下女人，没念过什么书，也没出过什么远门。后来她结识了那个叫胡在海的男人，或许是为了报答救命之恩，或许是被他身上那正规军的皮囊所迷惑，或许是他抹了蜜似的三寸不烂之舌……她嫁给了他，也是因为张长有的默认，如果父亲反对，即使是王公贵族她也不会动心。她至今不懂嫁给胡在海是对还是错，嫁了之后，她彻底掐灭了对王战的那丝丝缕缕的爱恋，一门心思当起了胡在海的太太。

"妈爷……"小宝懂事地用小手为张槐花擦泪。在张兴垅集，一个"爷"字，代表一个母亲必须承担爷的责任。

从审讯室出来看到整装待发的桂军，吴满山顿时心里就明白了几分。

胡在海吩咐解开捆绑他的绳子。

吴满山被拥到一辆打头的卡车上，四月的风吹拂着他伤痕累累的脸，他深深地吸了一口带着油菜花香味的风，五脏六腑顿时活跃了。

他的脸上露出了微笑。

士兵用枪托砸了一下吴满山，野蛮地叫道："快死了，还笑！"

吴满山不屑地看了这个士兵一眼，他活动几下身子，笑容更加灿烂。

十三

村头的晒场成了新四军特务团的训练场。

简陋的篮球架，几根树桩捆扎成单杠双杠，石碾、架子车的车轮、砖头……这些东西顺手捡来，都成了战士手中的器械。

江大水教授战士们武术，他出身于武术世家，爷爷还曾是晚清的举人，是查拳一个分支的掌门人，此时，江大水正向战士们讲授查拳的起源："明朝末年，倭寇扰我东南沿海，朝廷任命威继光为大将，聚兵东征。新疆回族查密尔应征东来，但是由于路途遥远，气候多变，长途跋涉中不幸染病，幸得我的祖上精心照料，逐渐康复。为报答救命之恩，查密尔将武艺传授给我的祖上，我的先祖习得一身武功，作为抗倭战士大显神威，所以查拳天生就是对付日本人的。我们要勤学苦练，杀鬼子！杀！杀！杀！"

"杀鬼子！杀！杀！杀！"战士们群情振奋。

江大水示范，如行云流水，一气呵成。

战士们练习，一招一式，像模像样。

王战站在窗前，观望着，对于这个自己带出来的兵，他十分欣赏。

宋春进来，赞赏道："这个江大水，是块好料子啊！这次让他担任突击队队长，确实是人尽其才啊。"

王战说："政委，胡在海那边有消息吗？"

宋春将手中的一张电文递给王战，说："胡在海兵败黄疃庙后，带着残兵败将，龟缩在古河防区，不再轻举妄动。倒是驻守在蚌埠的日军铃木部，正向我根据地渗透，试图火中取栗。这是内线刚转来的情报。"

王战敏感地感到情况紧急，他冲着江大水大喊："江大水！"

江大水收住拳势，跑步过来。

王战下令："加强警戒，做好战斗准备。"

十四

大别山如一匹骏马，在江淮大地奔腾，当狂奔到巢湖之滨时，似乎再无力气，只将零零星星山岭散落在大地上，而到了张兴垅，再无山的痕迹，一马平川，绿波涌动，唯有一条叫刘河的小河蜿蜒流淌，发出阵阵呜咽。

一队日军小心地行军。

铃木骑着一匹高头大马走在队伍前头，这些天他坐卧不安，桂军高层频繁向日军高层施压，敦促他们依据长临河密约有所行动，从而牵制新四军，支援桂军。日军随着太平洋战场的失利和同盟军的战败，兵力捉襟见肘，地方治安全靠伪军支撑和维持，哪里还有力量投入战斗。但也不能日复一日地按兵不动……

军曹报告："大佐阁下，已到了合肥东乡地界。"

铃木看了一下地图，指着前头问："那是什么位置？"

军曹张望了一下，说："薛大桥。"

"薛大桥？"铃木故作神秘，"薛……血也，血光之灾，不吉利。"

"那……大佐明示。"

铃木问："距离黄疃庙还有多远？"

"不足二十米。大佐阁下，是否加快前进？"

"不、不，不能冒进，大日本皇军今非昔比，用一句中国土话，叫王小二过年……"

"王小二？过年？"军曹不解。

"一年不如一年了。我们已经没有实力与新四军决战了，要避其锋芒。"

"那为什么还……"

"我们与桂军有长临河之约，大日本帝国的军人要有契约精神，不能不做做样子……胡在海这个笨蛋，竟然溃不成军……新四军太可怕了。"铃木摸了摸自己的脖子，"军曹，我们都要回家。"

"嗨依，大佐阁下。"

一座新坟兀立在尾赵村的田野上。坟前只有一块石碑，碑上刻着两行大字：

先父张长有之墓

女张槐花、婿胡在海立

按当地风俗，女儿不上碑，但张长有无子，只有张槐花一女，便顾不了那么多了。

张槐花一张一张地燃着黄表纸，她已流了太多的泪，但泪水似乎永远也流不完。

小宝抱着槐花，可怜地喊着："外爹，起来，我要吃张兴垅集贡鹅。"

一侧，阿毛持枪，一双警惕的眼睛注视着四周的风吹草动。他是在张槐花嫁给胡在海那年，被胡在海指定为张槐花的勤务兵的。几年来，张槐花待人和善，从不把他当外人对待，而是当成自家的兄弟，比起先前在部队饱受欺负，阿毛像在天堂里，他对这位年轻的夫人心存感激。

突然，阿毛看到几个鬼鬼祟祟的人影一闪就不见了。

阿毛连忙拉起张槐花，说："夫人，有情况，快走！"

十五

训练场，热火朝天。

王战正在听取江大水关于突击队的工作汇报。突击队百十号人是从全团挑选出来的，军事素质、政治品格都是一流的，是团部直接指挥的"特种兵"。江大水担任队长后，每次训练都是模拟实战，出现了一些非战斗受伤事件。

王战批评江大水说："江队长，你要总结经验，尽量减少训练中战士受伤。"

"是，"江大水嘴上答应，心里不服：战术训练就应当真刀实枪，练刺杀用木枪有啥意思？

突然，远处响起枪声。

王战一听，说："是谁打的枪？"

又是一阵排枪，王战辨认出来，说："是三八大盖，不好，日军来了！"

江大水判断："枪声是从尾赵村方向传来的。"

王战立即下达命令："突击队，集合！"

突击队的战士停止了操练，旋风般拿起武器，牵出战马，列成四路纵队，而做完这一切动作，只用了一分钟时间。

王战满意地点了点头，他翻身上马，命令："目标尾赵村，跟我冲！"

政委宋春不知什么时候出现了，他拦住了王战，说："团长，你又要打头阵，总指挥可多次批评过你。"

"老伙计，只要你不说，总指挥怎么会晓得。老规矩，我先冲，你带队跟进。"

王战向着突击队做了个冲锋的手势，一马当先。

百十匹战马绝尘而去。

十六

坟地上，挽幛零乱，石碑倾斜。

一群日本兵狞笑着，步步逼近。

阿毛的胳膊和腿部都中弹了，鲜血染红了军服，站立不稳，但他坚持不倒，瞪着一双愤怒的眼睛，端着上了刺刀的步枪，誓死保卫主人。

"不要过来，不许伤害夫人！"

一个日军淫笑着："啊，花姑娘的，大大的好。"

"好久没有尝过中国女人了。"日兵说，因为实力限制，日军不敢轻易"扫荡"，不能祸害百姓，就不能为所欲为了。

"排队，排队，按军阶排队。"一个日本军官出来维护秩序。

尽管听不懂日语，但从日军野兽般的面容，张槐花读懂了，她抱着小宝，瑟瑟发抖，连说话的力气都没有了。

"八嘎！"

随着骂声，铃木出现了，场面迅速安定下来。

铃木的目光首先落在墓碑上，他的中文不错，念道："女张槐花，婿胡在海，张槐花……哦，想起来了，六年前我们就见过，老朋友了，哈哈……"

阿毛挺身挡在张槐花面前，说："不要乱来，她是国民革命军二十一集团军一七一师一八四团团长胡在海的夫人。"阿毛亮出胡在海的牌子，希望能救夫人母子和自己一命。

"胡在海？哈哈……胡在海。"铃木一阵狂笑，反唇相讥，"胡在海，中国男人，不是，军人的不是！"

阿毛呸了一声，捍卫长官的尊严："你胡说！"

铃木拔出军刀，架在阿毛的脖子上，阿毛感觉脖子上凉丝丝的，但昂首挺胸。

"哟西！"铃木伸出了拇指，"你的哟西！胡在海不是，用你们中国人的话来说，作为军人理应保家卫国，可他偏偏与我们这些……叫什么？"

军曹补充道："侵略者，日寇，日本鬼子。"

"对对对，与侵略者、日寇、日本鬼子勾结，联手打新四军，打自己人，我的大大鄙视这些人，没出息！"

"你想怎么样？"阿毛怒目而视，"要杀杀我，放夫人和孩子走。"

铃木淫笑道："不不，胡在海的女人张槐花，六年前我没有得到，今天我要品尝品尝。"

"畜生，不许伤害夫人！"阿毛流血不止，十分虚弱，仍视死如归，以血肉之躯挡在张槐花面前。

"八嘎！"军曹抬手一枪，阿毛倒地身亡。

小宝勇敢地伸出小拳头，冲了上来，说："不许伤我妈爷！"

"死啦死啦的！"铃木猛地将小宝推向旁边。

年幼的小宝哪里经受住一头野猪的袭击，他踉跄着头碰到了大理石墓碑，血流如注。

"小宝！"张槐花发疯似的扑向儿子，抱起小宝。

小宝躺在槐花怀里，弱弱地叫了声"妈爷"，闭上了双眼。

铃木不怀好意地逼近。

张槐花大骂："畜生，我和你拼了！"她不知哪来的力气，一头扑向铃木。

铃木一边发出淫荡的笑，一边解着军装的纽扣。

猛然间，枪声响起，外围警戒的日军纷纷倒地……

尘土飞扬，刀光闪闪，新四军的骑兵杀声阵阵。

王战一马当先，他挥动的马刀在阳光下闪着一个又一个弧线。

日军接二连三中弹倒地，一颗子弹射中军曹，他顿时毙命。

铃木大惊，转身逃窜，刚走几步，迎面撞上胡在海，他像抓住了一根救命稻草，反咬一口："胡桑，新四军杀了你的夫人和孩子，快开枪，快，拦住他们。"

王战从战士手中要过一支步枪，推弹上膛，瞄准后扣动扳机，准确命中铃木的脑门。

铃木惨叫一声，仰面倒下，落了个可耻的下场。

张槐花呻吟着。

王战跳下马，抱起张槐花，连声喊道："槐花，槐花。"

张槐花断断续续地说："王……大哥……"她努力说着发生的一切。王战的面部表情从惊诧到憎恶到愤怒。

张槐花用尽最后一丝力气将绣着牡丹的荷包塞到王战手里，

然后，她的手无力地垂下。

王战悲痛万分，高叫："槐花，槐花……"

而这一幕，恰好被胡在海撞见，他恼羞成怒地挥着手枪上前，说："王战，是你杀了槐花，我跟你没完！"

王战义正词严地说："胡在海，杀害槐花和小宝的是日本人，还有你自己！"

"我？！你胡说！"

"你与日本人勾结，出卖祖宗，铁证如山。"王战举着荷包。

胡在海哑口无言，他又气又恨，举起了枪。

千钧一发之际，吴满山一跃而起，挡住了胡在海的枪口，而几乎同时，王战连连扣动扳机。

胡在海捂住伤口，双眼圆睁，说不出话，一头栽倒在地。

鲜红的血从吴满山的胸口涌出来。

这时，趴在地上的马元推开身上的一具尸体，偷偷向王战瞄准。

江大水眼疾手快，一个箭步扑向马元，两人的枪口互相抵着对方。

两支枪同时响起，两人同时对射。

马元气绝身亡。

江大水壮烈牺牲。

王战满腔怒火，把所有子弹射光。

胡在海手中的枪掉落，双膝跪地，手扔指向王战，发出最后的哀声:"王战……你……"他一口血喷出来,整个身子缓缓倒地。

冲锋号响起……

黄疃庙战役历时六个昼夜,我英勇的新四军攻克了王子城、八斗岭、黄疃庙、广兴集等桂顽据点,歼敌 2300 余人,生俘 1300 多人,缴获大批武器弹药。

此战彻底粉碎了桂顽夹击新四军七师的企图,打通了二师与七师的交通线,改变了津浦路西的斗争形势,极大地鼓舞了皖东抗日根据地广大军民的战斗意志。

尾 声

坐在轮椅上的王战被推进黄疃庙战役纪念馆，迎面是一组雕塑。

解说员："首长好，欢迎参观黄疃庙纪念馆。馆内共分四个单元，以大量文物、史料、图片和文字着重展示了 1945 年，新四军在黄疃庙地区为粉碎国民党顽军制造反共摩擦、蚕食我根据地而进行的一场反顽战役。请看这组雕塑，这是根据朱正茂烈士的照片铸建的……"

王战神情凝重，眼里闪着泪花，嘴里模糊不清地念叨："老首长……"

王战抖索着手在怀里摸，可是手抖得厉害，不听使唤。

李凯握住王战的手。

在李凯的帮助下，王战从怀里掏出了一支旧钢笔，笔杆上，手握的部位漆掉得差不多了。朱正茂送给他的这支笔，王战携带了80多年，无论是炮火连天的战场，还是身居高位的和平年代，这支笔他像珍宝一样保管着。

此时，朱正茂就站在眼前，钢铁铸成的身躯威武高大，那双眼睛含笑注视着自己。

刘丽丽弯下身，轻柔地说："首长，您不要激动，身体要紧。讲解员同志，参观下一个展厅，下一个展厅。"

宽敞、肃穆的展厅里响着讲解员清脆的讲解："双方投入兵力各达一万多人，经历了大小鲁庄战斗、第一次黄疃庙战斗、上下何家战斗、八斗岭及大塘赵围歼战、第二次黄疃庙战斗、三师独立旅南下等九场战斗……"

王战完全沉浸在当年的战斗之中，脸色铁青，牙关咬紧。

李凯提醒："讲解员同志，首长今天疲惫了，你尽量压缩时间。"

走到一块沙盘前，声、光、电效果再现了当年鏖战的场景。

一挺机枪闪着火舌。

讲解员："这里展现的是日本鬼子从南京经古河向黄疃庙压来……"

王战突然从轮椅上站起，趔趔趄趄冲到沙盘前，迅疾抓起机枪，大喊：

"杀呀！杀鬼子！杀！！"

革命文学，我永恒的创作主题

许泽夫

　　这部书完稿之际，正值党的二十大胜利召开，习主席在报告里有段话令我心潮澎湃：

　　"以社会主义核心价值观为引领，发展社会主义先进文化，弘扬革命文化，传承中华优秀传统文化。"

　　革命文化！

　　看到这个词，我百感交集，千言万语凝为一句：所有的付出、所有的艰辛都值得了！

　　15年前，我在一片猜忌、质疑和不平声中赴任设在撮镇瑶岗村的渡江战役总前委旧址纪念馆馆长……虽然我选择不了"组织决定"，但我可以选择热爱，我把那段"苏东坡式"的经历演变为自我历练的演武场，我如饥似渴地阅读了大量党史军事书籍，特别对渡江战役历史有着深入的钻研，我访遍全国各地渡江战役的遗存，清晰地理出了这场奠定共和国成立基础的战役的来龙去脉、国际国内政治与军事背景、前委指挥部的足迹、敌我双方的战场态势和走向，甚至对交战方师级以上指挥官了如指掌……那段波澜不惊的日子，为我从事的红色文学（现在应该叫革命文学）创作打下了扎实的根底。

中国革命血雨腥风，虽分为土地革命、抗日战争、解放战争三个历史时期，但三个阶段一脉相承、血肉难分，比如抗日战争时期活跃在肥东地区的新四军第四支队，便是由高敬亭将军激战在大别山革命根据地的红二十八军改编，新四军第五支队、新四军第二师、淮南军区……又都是第四支队发展壮大的结果……

我生于斯长于斯的肥东，人杰地灵，历史底蕴深厚，与诸多"将军县"一样是红色的沃土，抗战时期是津浦路西抗日根据地的重要组成部分，一寸山河一寸血，叶挺、张云逸、罗炳辉、谭震林……这些赫赫有名的抗日名将都曾挥动赤色大旗在这里"沙场秋点兵"，打得日寇和桂顽闻风丧胆、望风而逃，为民族解放事业立下不朽功勋，为肥东留下宝贵的革命文化财富，也为我的革命文学创作提供了取之不尽的素材。

后来我离开那个红色纪念馆，先后担任县人民医院院长、县委宣传部副部长、肥东报社总编、县新闻中心主任、县文联主席、县融媒体中心党委书记、县委宣传部常务副部长……但革命文学的种子已在我的心里种下，我孜孜不倦，埋头耕耘。

很长一段时间，革命文学不被所谓的文学主流看好，被边缘化了，但我不改初心。

一场场血淋淋的战争，一个个为了人民的解放事业大义凛然、视死如归的仁人志士从血泊中站起来，抱着死去的战友的遗体，以灼热眼光逼视我、拷问我：你还是党员作家吗？你不写，谁写？！

我无言以答。

如果我放下手中的笔，又如何面对时常在梦中出现的革命党人？

于是有了《信仰》，这部长篇传记最终没能出版，但六个章节相继被《清明》增刊、《安徽文学》《未来》等刊发，《安徽文学》不仅发了两个章节，还将《安徽文学》期刊奖颁给它。

于是有了《渡江颂》，这是全国首部以诗歌形式吟诵一场战役的诗集，荣获安徽省人民政府颁发的"安徽省社科（文艺）奖"。

于是有了《双山阻击战》，这部院线电影已在双山阻击战的发生地桥头集镇双山拍摄，不日将与全国观众见面。

于是有了《初心如虹——柯武东传》，这部描写红军早期高级将领柯武东的长篇传记文学出版后，肥东县委、县政府高度重视，修缮了柯武东烈士故居，并立为"县重点旧文物保护单位"和"爱国主义教育基地"，成为受法律保护的党史教育直观教具。

于是有了《赤心如炬——决战黄疃庙》，这是让我最费心血的一部作品，为了安静创作，我曾搬着成堆的资料在家乡的一座寺庙写了两个月之久，在晨钟暮鼓和梵音檀香中度过了2021年的冬天。

"一个有真正大才能的人会在工作过程中感到最高度的快乐。"这是伟大诗人歌德在不朽名著《浮士德》中的一句名言。

我绝对不是"有真正大才能的人"，我只是一介书生，但我确实在写作过程中"感到最高度的快乐"。

《初心如虹——柯武东传》《赤心如炬——决战黄疃庙》以及我正在创作的《丹心如血——浴血大鲁村》是我的革命文学三部曲。我以独特的方式表达着一个普通党员和作家至死不渝的追求和信念。

或许还有第四部、第五部……

感谢所有为这部书的创作给予关心和帮助的人。

感恩文学——让我没有虚度一分光阴。

致敬革命文化——从此以后我可以理直气壮地写出发生在充满光荣与梦想的肥东大地上的、壮怀激烈的前辈们的故事。

2022 年 12 月 1 日